モギ ちいさな焼きもの師

A Single Shard

Linda Sue Park

リンダ・スー・パーク
片岡しのぶ 訳

あすなろ書房

モギ

ちいさな焼きもの師

A SINGLE SHARD

by Linda Sue Park

装画・本文カット　藤川秀之
Book design by Masayuki Takahashi

12世紀後半、
韓国《かんこく》西海岸の小さな村に、
こんな少年がいた。

1

「おーい、モギぼう！　たーんと腹《はら》ぁへらしとるか？」

街道《かいどう》をもどってくるモギに、橋の下からトゥルミじいさんが呼《よ》びかけた。

暮《く》らしに困《こま》らない村の人たちは、日常《にちじょう》のあいさつとして、「腹いっぱい食べたかね？」と声をかけあうが、満足な食事などしたことのないモギとトゥルミじいさんは、こんなあべこべの言い方を考えだして、自分たちの慢性《まんせい》腹ぺこ状態《じょうたい》を笑いぐさにしていた。

モギは腰《こし》にくくりつけた巾着《きんちゃく》のふくらみをぎゅっとにぎりしめた。もっと近くなってから言うつもりだったが、じいさんの顔が見えたとたんにがまんできなくなった。

「じいやーん！　今日は、そんなこと言わなくてもいいよ！　ほら！」

そうさけぶと、巾着《きんちゃく》を腰《こし》からはずし、かかげて見せた。じいさんの目が「おおっ！」とばかりまるくなった。モギはもうれしくてたまらない。やっぱり、じいやんだ！　ひと目でわかったね！

中身がニンジンのしっぽや、ニワトリの骨《ほね》なら、巾着はあちこち出っぱるが、米ならずっしりとまるくふくらむ。

じいさんは、杖《つえ》をにぎった手を高々《たかだか》とあげた。

「はよう、ここへきて聞かせてくれや、どういう果報《かほう》にめぐりおうたか」


その朝早く、モギは道をとっとと歩いていた。村の家々《いえいえ》のごみ捨《す》て場《ば》をひとめぐりして、食べられるものをさがすのが毎朝の仕事なのだ。

目の前を、背負子《しょいこ》に重そうな俵《たわら》をくくりつけた男が歩いていた。

俵の中身は去年の秋にとれた米。村の田んぼでは稲《いね》がやっと育ちはじめたばかりだから、今年の米がとれるのはだいぶ先のことになる。稲刈《いねか》りがおわれば、田の落《お》ち穂《ぼ》はだれが拾っても怒《おこ》られない。貧《まず》しい者が、腹持《はらも》ちのよい、うまい米の飯を口にできるのは、その季節だけだ。米俵を見ただけで、モギはよだれが出そうになった。

男がちょっと立ちどまり、背中《せなか》の荷をゆすりあげた。と、俵に穴《あな》があいていたらしく、米がぽろぽろこぼれ落ちた。モギは目をまるくした。そうとは知らず、男はまた歩きはじめた。米は細い滝《たき》のようにこぼれ、道に白い筋《すじ》ができた。

モギの頭の中で、ふたつの思いがぶつかりあった。

早く教えてあげないと、あのおじさんは米をどっさりなくしちまう！　いや、だまってよう！　あの人が曲がり角を曲がってしまったら、こぼれた米を拾えるんだ！

おおいにまよったすえ、モギは心をきめた。

男が曲がり角にたどりつくまで待ち、かけよって、息をはずませながらおじぎをした。

「だんなさん、米がこぼれてますよ」

農夫はふりむいて、道にできた白い筋をながめ、麦わら帽子《ぼうし》をうしろにずらして頭をかくと、日焼けした顔をくしゃくしゃにして、まずいなあというように笑った。

「おらはせっかちでな。俵を二重にあんどけばよかった。ひまがかかるのをいとうたツケが、これだよ」

男は背負子《しょいこ》を下ろし、俵《たわら》をしらべてみた。穴《あな》を見つけ、まわりのわらをつかんでひきよせたが、そんなことくらいで穴はふさがらない。男は、両腕《りょううで》をあげ、まいった、というしぐさをした。モギは、思わずにやっと笑った。気のいい人だね！

「ぼうや、木の葉を二、三枚《まい》、むしってきてくれんかい？」

言われたとおりに木の葉をとってきてわたすと、男はそれで俵の穴をふさいだ。

それから、しゃがんで背負子をかつぎなおし、歩きだしながら肩《かた》ごしに言った。

「助かったよ、ぼうや。こぼれた米はやるぞ。よかったら、拾っていきな」

「だんなさん、ありがとう！」

教えてあげて、よかった！　モギはていねいにおじぎをした。これで巾着《きんちゃく》を米でいっぱいにして帰れる！

モギは、いろいろなことをトゥルミじいさんから学んでいた。森や、ごみ捨《す》て場《ば》で食べ物をさがしたり、稲刈《いねか》りのすんだ田んぼで落《お》ち穂《ぼ》を拾ったりするのは、てまひまかけて働くわけだから恥《は》ずかしいことではない。けれども、盗《ぬす》みと物乞《ものご》いはしちゃならぬ。「働く者は胸《むね》をはって生きられる。盗む者はこそこそ生きるしかないのじゃよ」これがじいさんの口ぐせだ。

とはいえ、じいさんの教えを守るのは、ときにはとてもむずかしい。たとえば、今朝《けさ》がそうだった。

米がこぼれてるってことを、おいらはあの人にすぐには教えなかった。だから、米はかなりこぼれた。ひょっとすると、盗んだことになるのかな？　だけど、最後までだまっていたわけでもない。それなら、おいらのやったずるは、教えたことで帳消しになったんだろうか？

モギは、こういうことをじっくり考えてみるのが好きだ。ひとりで考えることもあれば、じいさんの意見を求めることもある。じいさんは、よくこう言っていた。

「考えることにはな、効能《こうのう》がふたつ、あるわい。まず頭の体操《たいそう》になる。つぎに腹《はら》ぺこを忘《わす》れておられる」

さて、トゥルミじいさんはモギの心中を察したらしい。

「モギぼう、その人のことを話してみろや。どういう人だったね？」

モギは、ちょっと考えた。

「せっかちな人だよ。自分でもそう言ってた。俵《たわら》をあむのにもっと時間をかけてたら、じょうぶなのができたのにね。こぼれた米をそのまんまにしていっちゃったし」

モギはまたちょっと考えた。

「それから、気のいい人だったよ。『おらはせっかちでいかん』って笑ってたもん」

「そうか。ではな、もしもその人がここにいて、米のこぼれとることをおまえがすぐには教えなかったと聞いたら、どうすると思うかね？」

「やっぱり、笑うよ」

とっさに口から飛びだした答えに、モギは自分でもおどろき、ゆっくり言いなおした。

「たぶん、気にしないと思う」

じいさんは、わが意をえたりとうなずき、モギはモギで、じいさんの日ごろの教えを思い出した――「学者さんがたはりっぱな書を読みなさる。おまえやわしは世の中を、じかに、しっかり読むんじゃわい」

モギには親がいない。そこが、朽木《くちき》や倒木《とうぼく》の幹《みき》にかってに生えるモギ（キクラゲ）に似《に》ているというので、モギと呼《よ》ばれるようになった。トゥルミじいさんに言わせれば、みなしごにふさわしい呼び名だそうだ。ちゃんとした名前もあるのだろうが、モギは知らないし、つけてくれた親のこともおぼえていない。

モギとじいさんは、橋の下をわが家にしている。正確《せいかく》に言えば、昔、じいさんが橋の下で暮《く》らしているところへ旅の男がたずねてきて、まだ幼《おさな》かったモギをあずけていったのだ。じいさんの橋の下暮らしは、ずいぶん長い。この先もここに住むしかないだろう。というのも、じいさんは生まれつき片足《かたあし》が不自由なのだ。

モギも、トゥルミじいさんの名前のいわれを知っていた。

「わしが生まれたとき、この赤《あか》ん坊《ぼう》はとうてい生きられまい、とみんな思うたそうじゃ。なにしろ、片方の足がしわしわにしぼんでおったでの。ところが、死なずに大きくなった。一本足で立っとるところがトゥルミ（鶴《つる》）そっくり――それでトゥルミと呼ばれるようになった。それにの、トゥルミは長生きの鳥なのじゃわい」

まったくそのとおりで、身内のほうがみんな先に死んでしまった。ひとりぼっちになったトゥルミは、片足《かたあし》では働けないため、持ち物をひとつずつ売りはらい、ついには家まで売る羽目に。そんなわけで、橋の下で寝起《ねお》きをするようになったという。

去年か、おととしだったか、モギは思いついてきいてみた。

「じいやんは、いつからここで暮《く》らしてるの？」

じいさんは首を横にふった。だが、急に頬《ほお》をゆるめて、「ついておいで」と合図をすると、橋の下をひょこり、ひょこりと歩いていった。

「自分のことは忘《わす》れたが、おまえがいつからここにいるかということなら、わかるわい。もっと早う教えればよかったのう」

じいさんの指さしたところを見上げると、橋の横板の裏《うら》に、とがった石でつけたような刻《きざ》み目《め》がならんでいた。モギはじっとながめ、ふしぎそうにじいさんを見た。

「なんなの？」

「おまえがここにきてから、春がめぐってくるたんびに、しるしを一本つけておいた。自分の年を知りたくなるときが、きっとくると思うてな」

モギは、こんどは興味津々《きょうみしんしん》で見上げた。刻み目は、十本あった。

「いいや、おまえは十《とお》よりもっと上じゃろう。ここにきたとき、ふたつにはなっておったと思うでの。足も口も、達者《たっしゃ》なもんじゃったわい」

モギはうなずいた。そのときの話はじいさんからなんども聞いていた。とはいえ、じいさんもわずかなことしか知らなかったのだが。幼《おさな》いモギをこのチュルポ村までつれてきた男は、ソンド市の坊様《ぼうさま》におたのまれ申した、と言ったそうだ。

モギの両親はソンドに住んでいたが、熱病にかかって死んでしまった。だが、運よくその坊様が、この子のおじがチュルポという海辺の村にいるはず、とおぼえていて、男に「つれていってはくれぬか」と、旅の費用をわたしたという。

ところが、はるばるチュルポまできてみると、おじにあたる人はもはやおらず、家も空き家になっていた。しかたなく山の寺をたずねたところ、その寺でも熱病が猛威《もうい》をふるっており、子どもをひきとるどころではなかった。すると、村人たちが「橋の下のじいさんにたのんでみるといい。寺でひきとるまで、子どものめんどうを見てくれるよ」と教えてくれた。

「そういうわけで、おまえはつれてこられた。何カ月かすると寺から迎《むか》えはきたが、おまえはいやだとだだをこねての。わしのよいほうの足に子猿《こざる》のようにしがみついて、なんとしてもはなれなんだ。お坊《ぼう》さんは、おまえをここに残して寺にもどっていかれたわい」

もっと幼《おさな》かったころ、モギはこの話をなんどもせがんだ。もっと聞けば、もっとなにかわかるような気がしたからだ。おとっつぁんはなにをする人だったろう？　おっかさんはどんなようすをしていたろう？　おじさんはどこへいったのだろう？　だが、話はいつもそれっきり。

でも、そんなことはもうどうでもいい。今のモギは、この橋の下のトゥルミじいさんとの暮《く》らしに、なんの不足もない。

その日の朝食は、めったにないごちそうだった。モギの拾ってきた米をふちの欠けた土《ど》鍋《なべ》でかゆにたき、ヒョウタンでこしらえた碗《わん》で食べた。さらに豪勢《ごうせい》なことに、じいさんもニワトリの足の骨《ほね》を二本拾ってきていた。ふたりは一本ずつをかち割《わ》り、中の髄《ずい》をあまさずすすった。

食事のあと、モギは川の水で口をすすぎ、手を洗《あら》い、じいさん用の水をヒョウタンにくんでもってきた。じいさんは足をぬらすのをきらって、よほどのことがないかぎり川には入らない。それから、モギは橋の下をこざっぱりとかたづけた。こうしておけば、夜、眠《ねむ》くなったらすぐ横になれる。

かたづけをおえると、モギはまた街道《かいどう》に出た。行く先は、道が弓なりに曲がったあたりにたっているそまつな一軒家《いっけんや》。

目ざす家が近くなると、モギは歩調をゆるめた。そして、ちょっと首をかしげて耳をすまし、にこっと笑った。うん、うたってる！　村の名焼《や》きもの師《し》ミンが鼻歌をうたうのは、ろくろを回す日ときまっていた。

ミンの家の裏《うら》は雑木《ぞうき》林《ばやし》で、すぐうしろに松の生いしげる山がせまっている。モギは、ぐるっと遠まわりをして家の裏手に近づいた。深い軒《のき》の下に、思ったとおりミンがいた。ろくろの上に白髪《しらが》まじりの頭をうつむけ、歌らしいものを口ずさんでいる。

モギは、太いキリの木のうしろに立った。そこからだと、だれにも見られないで、ミンの作業を観察できる。ちょうど作業が始まるところらしく、モギは、すっかりうれしくなった。

ミンは、手でもてるくらいの粘土《ねんど》のかたまりを、ろくろにのせた。それをもちあげ、ペたっとおきなおした。またもちあげ、またおいた。三、四度、これをくり返したのち、腰《こし》をすえると、目の前の粘土《ねんど》をしばらく見つめ、やがて足でろくろの底部を回しはじめた。水でぬらしたミンの両手が、どてっとした粘土のかたまりにふれた。モギは、それまでなんどもしてきたように、目を皿のようにして見入った。

粘土のかたまりは、見る見るぐーんと背《せ》のびをし、うずくまり、さらにのびあがり、ゆるやかにまるみをおびて、やがてふくよかに均整《きんせい》のとれた形となった。ろくろの動きがおそくなり、ミンの鼻歌が低いつぶやきに変わった。

ミンは背筋《せすじ》をのばしてすわりなおし、腕組《うでぐ》みをして、できたものをじっとながめた。さらに、ひざでろくろを少しずつ回しながら、念入りにしらべた。しばらくして「へっ！」と吐《は》きだすように言うが早いか、作品をつかみあげ、ろくろの上にたたきつけた。粘土は、ミンの期待にそえなかったのを恥《は》じるかのように、ぐにゃっとつぶれた。

モギは口をあけて、ふうっと息を吐きだし、それでようやく自分が息をとめて見ていたことに気づいた。今の器《うつわ》――高さが幅《はば》の倍くらいあった――はモギの目にはかんぺきに見えた。ふっくらとした線が花びらのようにきれいだったのに！　ミンはいったいどこが気に入らなくて、あんなふうに顔をしかめたのだろう？

そもそもミンは、なにを作るのでも、最初の一回で満足したためしがない。ほんのわずかでも気に入らないと、つぶして、やりなおす。その日モギは、ミンがろくろを回すところを、四回も見られた。四回とも、モギにはどこがどうちがうかわからなかったが、ミンは最後のが気に入ったらしく、底部に撚《よ》り糸《いと》をあててすーっとろくろから切りはなすと、しんちょうに乾燥用《かんそうよう》の盆《ぼん》にうつした。

キリの木陰《こかげ》をこっそりはなれながら、モギは指を折ってかぞえてみた。ミンの作業の手順なら、もうよく知っている。つぎの〈ろくろの日〉はだいぶ先だ。

チュルポは朝鮮《ちょうせん》半島の西海岸にある。背後《はいご》に山をひかえ、そのすそを川がぬうように流れている。チュルポの焼《や》きもの師《し》たちの作る青磁《せいじ》の繊細《せんさい》な美しさは、国内ばかりか、遠く中国の皇帝《こうてい》にも知られていた。

この村が青磁でたいそう栄えたのは、ひとえに地の利と地質《ちしつ》のおかげといえた。海路を利用して、半島の北部、中国との交易《こうえき》がらくにできたうえ、村の採土場《さいどじょう》から出る粘土には、多くの青磁収集家《せいじしゅうしゅうか》をひきつけてやまぬ、あの美しい色を引きだすのに、もっとも適《てき》した量の鉄分がふくまれていた。

　モギは、村の焼《や》きもの師《し》をみんな知っている。だが、ついこのあいだまでは、彼《かれ》らの家のごみ捨《す》て場《ば》で食べ物をあさることにしか興味《きょうみ》がなく、焼きもののことなど考えもしなかった。それが、今のモギにはふしぎでならない。近年、裕福《ゆうふく》な人々《ひとびと》が、宮廷《きゅうてい》や寺院への献上品《けんじょうひん》としてチュルポの青磁を買いあげるようになったため、焼きもの師たちのふところはうるおい、それにつれて、ごみ捨て場に捨てられるものも豊《ゆた》かになった。モギもそのおかげをこうむって、一日のうちの何時間かは空腹《くうふく》を忘《わす》れていられるようになった。

　その時間の大半を、モギはミンの仕事を見ることにあてた。たいがいの焼きもの師たちは窓《まど》のない小屋で作業をするが、ミンは、暖《あたた》かい季節には、山の見える軒下《のきした》で、風に吹《ふ》かれながらろくろを回すのを好んでいた。

　あけっぱなしの場所で仕事をするのは、自分の技能《ぎのう》に自信があるからにほかならない。ふつう、焼きもの師は自分の技術《ぎじゅつ》をひたかくしにする。新しい形の急須《きゅうす》とか、新しい彫《ほ》り方《かた》などは、買いつけにきた商人にだけ見せるのだ。

ミンは、そういうことはどうでもいいらしい。その仕事ぶりには、彼の心がそのままあらわれているように思えた。「好きなだけ見るがよい。だが、わたしの技術を盗《ぬす》むことなどできないぞ」

まったくそのとおりで、だからこそ、モギもミンにひかれたのだろう。ミンの手から生まれる青磁は、チュルポ村で、いや、おそらくは国じゅうで、もっともすぐれていたのである。

2

それから数日後。キリの木のうしろから、またミンの作業場をのぞいたモギは、首をかしげた。今日あたりが〈ろくろの日〉だと思ったけどな……？　だが、ミンはいない。ろくろもかわいている。さっぱりとかたづいた裏庭《うらにわ》で、ニワトリどもがのんびり地面をつついているばかり。

人の気配がないのをさいわい、モギはそろりと木陰《こかげ》から出た。家の壁《かべ》にとりつけられた棚《たな》に、乾燥中《かんそうちゅう》の作品がいくつかならんでいる。そのかたさはちょうどなめし革《がわ》くらい。釉薬《ゆうやく》がかけられてもいなければ、焼かれてもいないこの段階《だんかい》のものは、泥棒《どろぼう》の心配をしなくてよい。完成品は家の中のどこかに大事にしまってあるのだろう。

モギは、ちょっと足をとめ、耳をすました。一羽のメンドリが、コッコッコッと鳴きたてた。ミン家の今夜の食膳《しょくぜん》にたまごがのるところを想像《そうぞう》して、モギは思わず口もとがゆるんだ。そして、家からだれも出てこないので、思いきって棚に近づいた。

モギがミンの作品をこんなに近くで見るのは初めてだ。いちばん端《はし》のは、片手《かたて》にのるほどのカモ。くちばしに穴《あな》がひとつあいている。モギは、これに似《に》た水滴《すいてき》を使っている人を見たことがあった。その人は絵かきさんで、土手に腰《こし》をおろして川の景色を描《えが》きながら、たいらな石にときどきくちばしから水を一滴たらして墨《すみ》の濃《こ》さをかげんしてたっけ。

モギは、棚におかれたミンのカモを観察した。色はただの土色だが、首の曲がりぐあいや、たたんだ翼《つばさ》のふくらみかげんが、本物そっくり。今にも「クワッ、クワッ」と鳴きだしそうだ。なまいきに、尾《お》っぽなんかピンとあげちゃって！　モギはにんまりした。

そのとなりに、瓜《うり》を縦《たて》にしたような形の水差しがある。まるみをおびた表面には、浅いみぞが等間隔《とうかんかく》に何本も彫《ほ》られている。その線の優美《ゆうび》なこと！　モギは、さわってみたくてむずむずした。茎《くき》と葉をふたにするなんて、うまいなあ！

最後のは、モギの両手にちょうどのるくらいの、ふたつきの四角い箱だ。飾《かざ》りはなにもない。「なんだ、つまらないや」と帰りかけて、ふと思いついた。ひょっとしたら、中になにか……？

ふたをそっともちあげ、のぞいてみると――やっぱり！　予想があたったうれしさと、中のしかけに感心したのとで、モギはもうにこにこ顔だ。

中には、さらに五つの箱があった。まんなかのが円形で、まわりの四つはそれをかこんでぴったりおさまり、それでいてひとつひとつを取りだすのに必要なゆとりも、ちゃんと残されていた。

モギは、外箱のふたを棚《たな》におき、まわりの小箱のひとつを取りだした。それにもふたがあり、ふたの内側には本体にかぶせたときにずれないように、ふちが細い枠《わく》になっている。モギは、手にもったのと、外箱とをかわるがわる見ながら、額《ひたい》にしわをよせてじっと考えこんだ。

どうやったら、こんなにうまく作れるんだろう？　外の箱を作ってから、中に入れる内箱を五個《こ》作る？　それとも、まんなかの円いのをまず作って、まわりに小さいのをおいて、それから外のを……。

突然《とつぜん》、だれかのどなり声がした。ニワトリどもがさわぎたて、棒立《ぼうだ》ちになったモギの手から箱が落ちた。一瞬《いっしゅん》、モギはただ立っていたが、すぐに両手で顔をかばった。その頭といわず、肩《かた》といわず、だれかが棒でぴしぴしと打った。

打ったのは、老焼《ろうや》きもの師《し》、ミンだった。

「盗《ぬす》っ人《と》め！　せっかく作ったものに、よくも手を出したな！」

こういう場合にできることは、ひとつしかない。モギは地面にひざをつき、額を地面にこすりつけた。

「ごめんなさい！　ぬ、盗みにきたんじゃありません。た、ただ見せてもらいに……」

ミンはふりあげた棒を宙《ちゅう》でとめた。

「まえにもきたことがあるのか？」

なんと答えよう？　モギは必死で考えた。本当のことを言うのが、いちばんかんたんだ。

「はい。なんべんもきて、ろくろが回るのを見てました」

「ふむ！」

はいつくばったまま、モギは目の隅《すみ》で、棒《ぼう》の先が地面に下りてきたのをとらえた。ほーっ！　思わず安堵《あんど》の息が口からもれた。

「キリの木の下の踏《ふ》み跡《あと》は、おまえがつけたのか？」

モギは顔を赤くして、うなずいた。踏み跡なんかつけたかな？

「盗《ぬす》みにきたのではないと言ったが、証拠《しょうこ》がどこにある？　値打《ねう》ちものができるのを待っていたんじゃないのか？」

モギは顔を上げてミンを見た。そして、ていねいな口調ながら、きっぱり言いきった。

「泥棒《どろぼう》はやりません。泥棒と物乞《ものご》いは、人間ならしないです」

ミンは、モギを長いこと見つめていた。なにかを考えるように。ふたたび口を開いたとき、その声にはさっきほどの怒気《どき》はなかった。

「わかった。だが、こっちは盗まれたのとおなじだ。一カ所だめになれば、使いものにはもうならん」

ミンは、地面に落ちた小箱を指さした。それは、落ちた衝撃《しょうげき》でゆがんでしまっていた。

「帰れ。弁償《べんしょう》しろと言ったって、どうせできまい」

モギは、のろのろと立ちあがった。頭がかーっと熱かった。たしかに、一文なしのモギには、弁償などできるはずはない。

ミンは、ひしゃげた小箱を拾うと、庭の隅にむかって放りなげた。そこは、それまでに捨《す》てられた失敗作で小山になっていた。

「三日かけたのが水の泡《あわ》か。間にあわんな、納期《のうき》に……」

ミンの不機嫌《ふきげん》なつぶやきが、うなだれて庭から出ていきかけたモギにも聞こえた。モギはミンのそばにもどった。

「あのう、働いて返します。手伝って、少しでも時間を……」

ミンはうるさそうにかぶりをふった。

「おまえになにができる？　教えるひまなんぞない。足手まといになるだけだ」

モギは、思わず声を大きくした。

「そんなに教わらなくてもだいじょうぶです。何カ月もまえから、粘土《ねんど》をこねるとこや、ろくろを回すとこを見てましたから。いろんなものができるのを……」

ミンが片手《かたて》をふった。

「ろくろを回すだと！　ばかな！　かんたんにできると思うな！」

モギは、目をそらさず、負けぬ気で腕組《うでぐ》みをした。ミンは残りの箱も疵《きず》ものの山に放りなげ、またなにかつぶやいたが、モギには聞きとれなかった。

ミンは背中《せなか》をのばして、棚《たな》とろくろに目をやった。それから、モギを見た。

「よし。あすの朝、夜が明けたらすぐにこい。あの箱を作るのには、三日かかった。九日、働け。それでも足りないが、とりあえずやってみろ」

モギは、おじぎをした。そして、最初はふつうに歩いていったが、道に出たとたんに、足に羽でも生えたようにかけだした。じいやんに、早く！　おいらも、いよいよ本物の仕事をするんだ！


翌朝《よくあさ》、ミンの家にやってきたモギは、最初の仕事が薪集《まき》めであるのを知った。村の共《きょう》同窯《どうがま》で燃《も》やす薪を用意する当番がちょうどミンにまわってきており、前日、ミンが家にいなかったのもそのせいだった。

焼《や》きもの師《し》の多い村はたいがいそうだが、チュルポにも共同の窯がある。チュルポの窯は、村はずれの丘《おか》の斜面《しゃめん》にへばりついた形に作られている。焼きもの師たちはこの窯を順番で使い、燃料《ねんりょう》の薪も順番に用意するのがきまりだった。

ミンは、モギに手斧《ておの》をわたし、手押し車《ておぐるま》のある場所へつれていった。

「山へいって、薪にする木の枝《えだ》をきってこい。かわいたのをさがすんだ。手押し車をいっぱいにしてもどれ。いいな！」

モギは、太陽が急にかげったような気がした。前の晩《ばん》は、眠《ねむ》れぬままにいろいろなことを想像《そうぞう》した。自分がろくろを回すところや、ろくろの上の粘土《ねんど》が見る見る美しい壺《つぼ》になっていくところを。

ようし！　薪を早いとこ運んできて、そのあと……！

だが、そんな望みは、ミンのつぎの言葉であっさり消えた。

「ずっと上まで登るんだ。下のほうはあらかたきられてしまったからな。かなり歩くぞ」

モギはためいきを押しころし、手斧を手押し車にのせると、二本のかじ棒《ぼう》をぐっとにぎって歩きはじめた。道へ出てふりむいてみると、ミンの姿《すがた》はもう見えず、ろくろ回しの鼻歌だけが聞こえてきた。

食事ぬきで、何時間も斧《おの》をふるうのはきつい作業だった。だが、薪《まき》をいっぱいに積んだ手押《てお》し車《ぐるま》を押して山を下りてくるのは、もっときつかった。

山道は石ころが多く、おまけに轍《わだち》だらけ。手作りのバランスの悪い手押し車は、荷が重いためなおさら押しにくかった。モギは、地面と手押し車から目をはなさず、そろそろと下ってきたが、それでも、深い轍に車輪がなんどもはまりこんだ。そのたびに、車体がぐらっとかたむき、はずみで薪がはねとんだ。落ちた薪はかがんで拾わなくてはならない。苦労してきちんと積んだ薪が、だんだんぐしゃぐしゃになっていった。

かがんでは拾い、かがんでは拾い……うんざりするほどそれをくり返したあげく、下りの山道はようやく終わりに近づいた。もう少しいけば、道幅《みちはば》も広くなる。一瞬《いっしゅん》、モギは地面から目をはなした。

とたんに、右の車輪が石ころに乗りあげた。手からかじ棒《ぼう》が逃《に》げ、手押し車は横倒《よこだお》しに。モギはよろめき、車につまずいて頭からころんだ。

すぐに起きあがったが、悪態《あくたい》をつきたいのか、泣きたいのか自分でもわからない。口をへの字にむすんで立ちあがると、手押し車を起こし、散らばった薪を手あたりしだいに拾いはじめた。

太い、ざらついた薪を持ちあげたとき、右のてのひらに鋭《するど》い痛《いた》みが走った。思わず悲鳴をあげたが、その手をぐっとにぎって痛みをこらえ、しばらくして、そろそろとひらいてみた。

長時間、斧をふるいつづけたためにできた水ぶくれが破《やぶ》れたのだ。血も出ていた。土と樹皮《じゅひ》のかけらのまじったきたない傷口《きずぐち》を、モギはまじまじとながめた。目の裏《うら》が涙《なみだ》でじわっと熱くなった。

そんな自分が腹立《はらだ》たしく、モギは目をぱちぱちさせると、シャツのすそを細くさいて、包帯がわりの布《ぬの》きれを作った。水がないので、傷口を洗《あら》うことはできない。つばをたらし、歯を食いしばって汚《よご》れをぬぐうと、口と左手を使ってその布を右手に巻《ま》きつけ、しばった。

そのあとは、あせらずに、落ちた薪をゆっくり拾いあつめ、手押し車にきちんと積んだ。積みおわると、用心しながら最後の坂を下りていった。ふもとの道にたどりついたときには、太陽はもう西にかたむいていた。

その夜、モギは、体をひきずるようにして橋の下にもどった。くたくたと地面に倒《たお》れこんだモギを見て、トゥルミじいさんは顔をくもらせたが、なにも言わずに、食べ物をもった碗《わん》をさしだした。

食べる元気もないモギは、小さく手をふってことわった。じいさんは杖《つえ》にすがってモギのそばまでくると、腰《こし》をおろし、米の飯と煮《に》た野菜をモギの口に運びはじめた。ひと口分ずつつまんでは、赤《あか》ん坊《ぼう》にでも食べさせるように。

モギは半分眠《ねむ》りながら食べ、知らぬ間に寝《ね》てしまった。目をさますと、もう朝。トゥルミじいさんが橋のつっぱり部分に手をかけ、ひょいと下りてくるのが見えた。じいさんは小柄《こがら》だ。年をとってはいても、足が悪いのをべつにすれば、身軽さでは若《わか》い者に負けない。いっしょに暮《く》らしているモギでさえ、ふだんはじいさんの足のことを忘《わす》れているくらいだ。

こんなに早くから、じいやんはどこへいってきたんだろう?

モギはこわばった体を起こし、目をこすった。すると、右手に巻《ま》いた布《ぬの》きれが見えた。血がにじんで、ごわごわにかわいていている。

「その傷《きず》につける薬草をさがしてきたぞ。見せてみい」

モギは手をさしだした。じいさんが布の結び目をほどき、そろそろとはがしはじめた。傷口に直接《ちょくせつ》あたった部分が、べったりはりついてはがれない。じいさんは力を入れた。

「い、痛《いた》っ！」

モギはあわてて手をひっこめた。

「がまんじゃ、がまん。すっかりはがして、傷口を洗《あら》わにゃ。放っておくと、傷から疫病《やくびょう》神《がみ》が入るでな」

モギは、川べりまで歩いていき、水に手を入れた。冷たいと痛さがまぎれるものだ。そのうえ、ぬれたおかげで布がゆるんだ。ぐにゃっとなった布を、モギは痛いのをがまんしながら少しずつはがし、傷口を水で洗った。

じいさんが、布きれをたいらな石の上に広げ、ヒョウタンに入れた水をかけながら汚《よご》れを落とした。きれいになった布きれをもって、モギは土手を登り、日のあたっている橋のつっぱり部分に干《ほ》した。

じいさんは、森で集めてきた薬草を石ですりつぶし、モギの傷に、指でたんねんにぬりつけた。

「手をしっかりにぎっておれ。草の汁《しる》がしみこむようにな」

モギは、右手をにぎったまま、左手で食事をした。ふたりの朝飯は、例の米の残りをたいたもの。食べおわると、じいさんは、ちょうどかわいたさっきの布《ぬの》をモギの手に巻《ま》いてやった。

「これでよし。二、三日も休んでおれば、よくなるぞ」

じいさんは鋭《するど》い目でモギを見た。

モギはなにも言わなかった。じいさんも、モギがその日休めないのを知っていたろう。

そう、あと八日、モギはミンのところで働くのだ。

3

かけ足でミンの家へとむかったモギに、いきつくまえからミンのどなり声が飛んできた。
「ばかもん！　なんできのうはあんなにおそくなった？　手押《てお》し車《ぐるま》をおきっぱなしにしていくとは、どういうつもりだ？　帰るのは窯場《かまば》に薪《まき》を下ろしてからだ！　暗くなってからこっちが運ぶ羽目になったじゃないか！　あぶなくころぶところだったぞ！　こんなことなら手伝ってもらわんほうがよっぽどましだ！　どうなんだ？　ちょっとはやる気があるのか？　ないなら、帰れ！」
息が苦しくなったとみえ、ミンはどなるのをやめた。

モギはうなだれて聞いていたが、恥《は》ずかしさとうらめしさで、頭が割《わ》れそうな気がした。満足な仕事がやれなかったのは、恥ずかしい。だけど、「薪《まき》を窯場《かまば》に下ろしてから帰る」なんて、知らなかった。「山で薪をきって手押《てお》し車《ぐるま》に積んでもどってこい」と言われたから、そのとおりにしたんだ。言われないことまで、わかるもんか！

だが、不満足な仕事をした自分を恥じる気持ちのほうが、うらめしさに打ち勝った。焼きものができるようになるまで、がんばるんだ！

「すみませんでした。もう一回、やらしてもらえたら、こんどはちゃんとやります」

「ふん！」

ミンは、モギに背《せ》をむけ、家にむかってすたすた歩きはじめた。モギはどうしてよいかわからない。そこに立ったままでいると、ミンが顔をしかめてふりむいた。

「足に根でも生えたのかっ！」

よかった、ゆるしてもらえた！　だが、わきあがった喜びは、たちまち消えた。その日の仕事も、やっぱり薪集めだったから。しかも、今日は山できってきた薪を、ミンの家からかなりはなれた、村の窯場まで運んでいって下ろさなくてはならないのだ。

つぎの朝も、そのつぎも、モギは期待に胸《むね》をはずませてミンの家にいったが、仕事はいつもおなじだった。てのひらの傷《きず》は、トゥルミじいさんに薬草の湿布《しっぷ》をしてもらうおかげで、寝《ね》ているあいだにいくらかよくなる。だが、斧《おの》をふるいはじめると、できたばかりのピンク色のひふはすぐに破《やぶ》れ、また血がにじんだ。

毎朝、モギは、「今日も痛《いた》いぞ！」と覚悟《かくご》した。仕事開始とともにてのひらに走る鋭《するど》い痛み。それは、毎日やってくるが追いかえせないきらいなお客さんのようなものだった。

ある朝、じいさんが「ついていってやる」と言いだした。モギは言葉につまった。じいやんは、おいらに痛い思いをさせまいとして、自分が斧をふるうつもりだ。そんなことをしたら、いいほうの足まで痛めるよ！　でも、そんなことは言えない。

「ありがとう、じいやん。けど、もしもかまわなかったら、食べるものを作って待っててくれるほうがいいよ。そのほうが、おいらはずっとうれしいもん」

じいさんは納得《なっとく》した。それからというものは、野草とゴミ捨《す》て場《ば》から拾ってきた骨《ほね》で、なんとか食べられるものを作ろうと、一日じゅう工夫《くふう》しているらしかった。

一方、モギも作業の手順を工夫《くふう》した。何時間もぶっつづけで木をきれば、たしかに薪《まき》はどっさりできる。だが、ひどく疲《つか》れるうえに、手押《てお》し車《ぐるま》に積みこむのに時間もかかる。それより、ときどき休憩《きゅうけい》を入れたほうが、よほどはかがいった。そこで、モギは、時間をきめて木をきり、できた薪を手押し車にきちんと積み、ちょっと休んで、またきった。

わずかな休憩時間に、キノコやワラビの新芽を見つけることもあった。トゥルミじいさんから「山を読む」すべを教わってきたモギは、うまいキノコ、毒キノコを区別できた。さえずりを聞けばなんという鳥かわかったし、足跡《あしあと》を見ればどの動物のものかわかった。谷の流れにそって下れば、かならず里に出られるのを知っていたから、山で迷子《まいご》になる心配はまったくなかった。

モギは、しんと静かな山を読むのが好きだったが、一日の終わりに薪小屋で薪を下ろす作業も好きになった。山からきってきた薪は、雨が降《ふ》ってもぬれないように、窯《かま》のそばの大きなほったて小屋に入れておく。小屋の中は、まんなかが歩けるようになっていて、両側は薪の山。手をのばせばとどくぎりぎりの高さまで積まれている。

モギは、手押し車を小屋の入り口にとめると、両腕《りょううで》に薪をかかえて中に入る。薪を取りにきた人が手をのばしたとき、薪の山がくずれないように、きちんと積みあげていくのは気分のよいものだった。

その日窯を使う番にあたっている人が近くにいると、モギを見て、軽くうなずいてくれたりした。

ある日のこと。そんなひとりが話しかけてきた。

「ミンさんの手伝いだな？」

モギは、彼《かれ》の名前を知っていた。カンといって、髪《かみ》に白いものがまじってはいるが、ミンよりは若《わか》く、目つきの鋭《するど》い、せかせかした人だ。モギは手押し車のかじ棒《ぼう》を下げて、おじぎをした。

「だれでもいいから早く雇《やと》えばいいと思っていたんだ。ミンさんの薪は、ここんとこ量が足りなくてな」

ずけずけした物言いとはうらはらに、カンは、手押し車から薪を下ろすのを手伝ってくれた。モギはいつもより早く仕事がすんでしまい、おかげで、ゴミ捨《す》て場《ば》で白菜のかたいところを拾ってもどれた。

最後の日、モギは手押し車《ておぐるま》をいつもの場所にもどしてから、裏庭《うらにわ》でしばらくぐずぐずしていた。だが、ミンが出てこないので、そのまま帰ってきた。九日働いたのだから、借りは返せたわけだ。

その晩《ばん》、モギは、まんじりともせずに考えた。親方に、なんといってたのんだらいい？　九日のあいだ、粘土《ねんど》には一度もさわれなかった。これっきり仕事にいかないと、焼きものの作り方を教えてもらえなくなる。

翌朝《よくあさ》、モギは、またミンの家へいそいだ。言おうと思っていることを頭の中で反復《はんぷく》し、心を落ち着けるために、深呼吸《しんこきゅう》をひとつ。それから、家の中にむかって呼《よ》びかけた。

「親方、おはようございます」

戸をあけたのは、ミンのおかみさんだった。

モギも、この家におかみさんがいるのは知っていた。キリの木のうしろからミンの作業をこっそり見ていたころ、おかみさんは庭に出てニワトリにえさをまいてやったり、水をくんだりしていた。だが、焼きものをしないおかみさんにとくに関心はなかったし、そもそも薪《まき》運びをしているあいだは一度も見かけなかったので、すっかり忘《わす》れていた。

「親方様は……？」

「朝ごはんなのよ。裏で待っていらっしゃい」

モギは頭を下げて、裏へまわろうとした。すると、おかみさんが低い声で呼びとめた。

「助かりましたよ、薪を運んでもらって。うちの人も年だから……」

モギがちらっと見上げると、おかみさんの目がやわらかく光っていた。やせた顔に、こまかなしわがいっぱいあった。モギはすぐにうつむいたが、ひそかに思った。おかみさんの目とじいやんの目は、似《に》てる。どうしてかな？

裏にまわってみると、ミンが軒下《のきした》の手水鉢《ちょうずばち》で手を洗《あら》っていた。そして、モギを見もせずに、不機嫌《ふきげん》そうにこう言った。

「なんの用だ？　借りは返してもらった。それを言いにきたのか？　それならもういい。帰れ」

モギはおじぎをした。

「働かせてもらって、うれしかったです。それで……」

「それで？　さっさと言え！」

「もっと働かせてもらえたら、もっとうれしいです」モギは、用意してきたことをまちがえずに言おうと必死だった。「あのう、もしも……」

「金は払《はら》えんぞ」

おそろしくぶっきらぼうなそのひと言は、かわいた大地に降《ふ》るめぐみの雨のように、モギの胸《むね》にしみこんだ。

「金は払えない」とは「働いてよい」ということにほかならない。モギは、口から心臓《しんぞう》が飛びだしそうな気がして、軽く咳払《せきばら》いをした。

「親方様のとこで働けるだけで、うれしいです」

「寺の鐘《かね》が鳴ってから、日が暮《く》れるまで、毎日だ」

モギは、思わず地面にひざをつき、頭を深く下げた。飛んで帰ってじいやんに知らせたい……！　はやる気持ちを、モギはぐっとこらえた。

その日の仕事は「粘土運《ねんど》び」だった。モギは、また手押《てお》し車《ぐるま》のかじ棒《ぼう》をにぎると、こんどは川ぞいの道を歩いていった。

採土現場《さいどげんば》は川辺にある。土を四角く切りとって運ぶため、土手の斜面《しゃめん》がふぞろいな市松《いちまつ》模様《もよう》になっている。現場に着くと、モギは、作業中の男たち――少年もまじっていた――をしばらく観察した。それまでにもここを通ったことはなんどかある。そのたびに、掘《ほ》ったあとの幾何学《きかがく》模様をおもしろくながめたものだ。だが、今日は、作業をしている人たちを、これまでとはちがう気持ちで見つめた。

男たちは、目にもとまらぬ速さでシャベルを動かし、土に切れ目をつけると、すっすっとすくい取っては、近くにおいた手押し車やかごに入れていた。

ミンからわたされたシャベルをかついで、モギは、泥《どろ》だらけの土手をすべりおりると、浅瀬《あさせ》に立った。やるぞ！　シャベルを肩《かた》の高さにもちあげ、力いっぱい土手の斜面に突《つ》きさした。ガシッ！　ぬれた粘土に、シャベルは小気味よく食いこんだ。モギは、にんまりした。もう一丁！

ところが、粘土に突きささったシャベルの先端《せんたん》はびくともしない。モギは顔をしかめて、力を入れた。それでもシャベルは動かない。

きっと、柄《え》の持ち方が悪いんだ。柄をにぎった手を下にずらし、両手でつかみなおしてみた。


——えいっ！　粘土《ねんど》が「クチャッ」と音をたてた。まるで、シャベルをのみこもうとするかのように。

とうとう、モギは、手で掘《ほ》りだす羽目に。腕《うで》も足ももう泥《どろ》んこだ。顔に蚊《か》が飛んできた。思わずたたいたら、ほっぺたにも泥がついた。ようやくシャベルをひっこぬくと、モギは立ちあがり、また最初からやりなおした。

こんなぐあいで、手押《てお》し車《ぐるま》一杯《ぱい》分の粘土を掘りとるのに昼までかかり、気がついてみると、ほかの人たちはとっくに作業をおえて、悪戦苦闘《くとう》しているのはモギひとりになっていた。ぬれた粘土の重いこと！　こんなに重いとは、知らなかった。ほかのみんなは、切れ目を入れた粘土をシャベルのひとすくいで手押し車に入れていた。モギにはそんな器用なことはとてもできないから、切りわけて、ひとつずつ入れたが、でこぼこのかたまりを見て、顔をしかめた。ほかの人のは、すっきりした四角だったのに！

そのうえ、シャベルをふるったためにてのひらにまた水ぶくれができ、つぶれた。ここでは冷たい粘土を傷口《きずぐち》にあてることができたから、痛《いた》みはまえよりましだったが。

手押し車がいっぱいになったときには、モギは全身泥まみれ。額《ひたい》の泥がかわいてこわばり、眉毛《まゆげ》も動かなくなっていた。それにしても、疲《つか》れた。ずっしり重くなった手押し車を、ミンの家まで押していけるだろうか？

そのとき、思い出した。昼飯！　すっかり忘《わす》れていたが、職種《しょくしゅ》にかかわらず、雇《やと》い主《ぬし》は雇い人に昼の食事を出すのがきまりだ。きのうまでのモギは、借りを返すために働いていた。でも、今日からは雇われてるんだ。昼食つきだぞ！　モギは、目の前がぱっと明るくなったような気がした。

道端《みちばた》に手押し車をとめたまま、川に飛びこむと体の泥をごしごし洗《あら》いおとし、さらに念を入れて頭も水につけた。初めて昼をいただくのに、きたないままでは失礼だ。

ミンはモギの運んできた手押し車をちらっと見て、こう言った。

「おそいぞ。わたしは今から昼食だ」

モギの食事のことはなにも言わず、ミンはさっさと家に入ってしまった。だが、不安を感じる間もなく、おかみさんが戸口にあらわれ、布巾《ふきん》につつんだものをかかげて、手招《てまね》きをした。

モギはかけより、包みをひったくりたい気持ちを押《お》しころしておじぎをすると、礼儀《れいぎ》にしたがい、てのひらを上にむけ、両方そろえてさしだした。

その手に、おかみさんが包みをのせた。

「しっかり食べて、しっかり働いて、ね」

モギは、のどに熱いかたまりがこみあげた。お礼も言えず、だまって見上げると、おかみさんの目がほほえんでいた。「わかってますよ」というように。

モギは、キリの木の下のたいらな石に腰《こし》かけ、布巾の結び目をほどいた。ヒョウタンで作った碗《わん》に白い米の飯。その上に、焼いた干物《ひもの》をさいたのと、白菜キムチがのっている。黒っぽい干物、赤いトウガラシと緑のネギでつけたキムチが、飯の白さをひきたてている。碗には箸《はし》もきちんとわたしてあった。

箸をもって、モギは目の前のつつましい食べ物をじっと見た。そして思った——王様のごちそうにだって負けないぞ。そのとおりだったろう。この世では、働いていただく食べ物がなんといってもいちばんのごちそうなのだ。

昼食後、モギは、また手押《ておし》車《ぐるま》一杯《ぱい》分の粘土《ねんど》を運んだ。橋の下にもどると、トゥルミじいさんが、キノコ汁《じる》を作って待っていた。食べながら、モギは、その日の仕事のことを夢中《むちゅう》でしゃべりつづけた。だから、食べてしまうまで、じいさんの杖《つえ》がないことに気づかなかった。

じいさんはあぶなっかしいかっこうで立ちあがり、からになった碗を集めてモギにわたすと、すわりなおした。それから杖になりそうな太い木の枝《えだ》を取りあげ、小刀でけずりはじめた。モギは、碗をきれいに洗《あら》ってふき、岩にわたした板の上にきちんとおいてから、気になっていたことをやっと口に出した。

「じいやん、まえのはどうしたの?」

「ふん。ばかをやっての。今日は浜《はま》に魚が上がったのだわい」

じいさんはそれしか言わなかったが、たったそれだけで、モギにはたくさんのことがわかった。

チュルポは海辺にあるが、漁村ではない。だが、男はみんな釣《つ》りができるし、女たちも潮《しお》のひいた砂浜《すなはま》でよく貝を掘《ほ》る。

〈魚が上がる〉とは、魚の大群《たいぐん》が浅瀬《あさせ》に押《お》しよせてくることをいう。魚が砂浜に点々《てんてん》と打ち上げられることもある。「魚が上がるぞう！」という声が聞こえると、村人たちは竹竿《たけざお》などをつかんで浜へとかけつける。とはいえ、だれもが魚を手に入れられるわけではない。岸近くにきた魚の群《む》れはほどなく沖《おき》へと去ってしまうし、打ち上げられた魚にしろ、つかまえるのは足の速い者だけなのだ。

これまでは、「上がるぞう！」と聞いたとたんにかけだすのはモギだった。そして、もどってくるときには、肥《こ》えた魚の一匹《ぴき》や二匹はかならずぶらさげていたものだ。

モギの目に、そんな日の浜の情景《じょうけい》がありありと浮《う》かんだ。じいやんは、ひょこりひょこりと浜までいそぎ、歩きにくい砂の上を杖《つえ》をたよりにうろついたあげく、一匹もとれずにもどってきたんだ。

じいさんは、木の枝《えだ》を小刀でひとけずりすると、目の高さにあげて、まっすぐにけずれたかどうか、片目《かため》をつぶってたしかめた。そして、また小刀を動かした。

「魚がとれなんだで、むしゃくしゃしてての。腹立《はらだ》ちまぎれに杖で岩をぶったたいた。そうしたら折れよった」

じいさんの足もとに、木のけずりくずがたまっていった。モギはしゃがんで、木くずを指でかきまわした。申しわけなさで、顔も上げられない。

じいやんは、折れた杖にすがってここまで帰ってきたんだ。わざわざ浜までいったのに、魚はもうなかったんだ。ところが、おいらはどうだ？　自分だけうまい昼飯をいただいて、じいやんのことを忘《わす》れていたなんて。あの弁当《べんとう》、半分残してもってくればよかった。じいやんだったら、きっとそうしてくれたはずだ。

モギは、けずりくずを両手で集めて川に投げいれ、流れていくのを目で追いながらつぶやいた。

「魚がとれなくて、残念だったね」

「うーっほん。じいの足が悪くて残念——とこう言いたいのじゃろが？　それがもとで、夕飯に魚がなかったもんだで。だがな、変えられんことをあれこれ思うても、時間のむだというものよ」

じいさんは、よっこらしょと立ちあがると、できた杖《つえ》によりかかってためしてみた。思いどおりにできたらしく、満足そうにうなずいて、モギの顔を見た。

「それにじゃ、この世をおさらばするときにゃ、りっぱな足を二本いただいていくでの。そうなりゃ、こういう杖もいらんわい」

じいさんは、あいているほうの手で、杖をパタパタたたいた。モギはまだうつむいたままである。

「死んだら四本足の動物になる人もいるんだよね」

「なにぃ？　このわしが、来世は動物だと？」

じいさんは、新しい杖でモギを打つふりをした。

「ちがうよ！　じいやんのことじゃ……」と言いかけて、モギは、にやっと笑った。そして、わざとらしくあごに手をやり、「ひょっとすると……うん、兎《うさぎ》かも！　頭がよくて、足が速くて……」

「言うたな！　おまえこそ速く逃《に》げろよ」

じいさんは杖を刀に見たててふりあげた。モギは兎のまねをして、そこらじゅうをとびはね、じいさんの杖から逃げるふりをした。自分だけ昼を食べたモギの、恥《は》ずかしさも一《いっ》瞬《しゅん》消えて、夜の橋の下にふたりの笑い声が思いきりはじけた。

4

翌朝《よくあさ》、モギは、お寺の鐘《かね》が鳴るまえにミンの家に着いた。うれしいことに、戸をあけて出てきたのはおかみさんだった。

モギはぴょこんとおじぎをすると、碗《わん》をさしだした。

「自分のをもってきました。洗《あら》い物《もの》でごめいわくかけると悪いですから」

じつはそれは言いわけで、本当は、昼飯を半分、トゥルミじいさんにもって帰りたかったのだ。おかみさんはうなずいて受けとったが、けげんそうな顔をした。まえの日、モギは碗と箸《はし》をきれいに洗い、ふいてから、返した。おかみさんにしてみれば、めいわくなことなどなにもなかったのだ。

モギは、裏《うら》へまわりながら、おかみさんの気を悪くしたんじゃないか、と不安になり、頭の中でしきりに自分に言いわけをした。嘘《うそ》は言わなかったし、食べるものをもっとくださいとたのんだわけでもない。おいらの碗を使っても、べつに悪くないよ、ね……。

その日の仕事も粘土《ねんど》運びだった。太陽が西にまわるころには、粘土を切り取るコツが、だいぶわかってきた。シャベルを使うときの力をかげんするといいんだ。先端《せんたん》がすぱっと粘土を切るように、ただし、深く食いこみすぎないように。

これで、作業はぐんと速くなった。薪《まき》作りできたえた背中《せなか》と腕《うで》の筋肉《きんにく》も、かんたんには悲鳴をあげなかった。

夕方、その日最後の粘土を運んできたとき、例によってミンは近くにいなかった。モギは、軒下《のきした》に手押《てお》し車《ぐるま》をおき、キリの木の下にかくしておいた弁当《べんとう》を取りにいった。

ところが——ない！　布《ぬの》きれをかぶせて、四隅《よすみ》を石で押《お》さえておいたのに！　付近をさがしまわると、布きれが灌木《かんぼく》の枝《えだ》にひっかかっていた。少しはなれた藪《やぶ》の中に、碗もころがっていた。

だが、中はきれいにからっぽ！　これを見つけて食べた動物は、よほど腹《はら》をすかしていたのだろう。飯粒《めしつぶ》ひとつ残っていなかった。

ちっきしょっ！　モギは、狼《おおかみ》のように遠ぼえをしたい気分にかられたが、まさかそんなことはできない。せめてもの腹いせに、拾いあげた碗《わん》を藪《やぶ》めがけて投げつけた。

すると、藪の奥《おく》で声がした。

「あれまっ！」

モギは飛びあがった。藪をかきわける音とともに、おかみさんが出てきた。片手《かたて》にモギの碗を、もう一方の手にかごをもって。かごには、近くでつんできたらしいスグリかなにかが入っていた。

おかみさんは、にこっと笑ってモギに碗をわたした。

「飛んできましたよ、わたしの帽子《ぼうし》になりたかったらしくて。空飛ぶお碗とはね！　お気に入りのわけがわかりましたよ！」

じょうだんなのは理解《りかい》できたが、ショックで頭がくらくらしていたモギは、ただうなずいた。だがすぐに、それでは失礼だと気づいておじぎをした。そのあとは、もう夢中《むちゅう》でかけだした。

またしても、モギはトゥルミじいさんに食べるものをもって帰れなかった。それどころか、おかみさんの頭にお碗をぶつけるところだった！


モギがミンのところで働くようになってから、はや二カ月。だが、モギには一年以上もすぎたような気がした。ときには、まえはどうしていたか、思い出せないくらいだ。

今のモギは、朝早く起きて、ミンの家にいく。昼まで働き、弁当《べんとう》を半分食べる。昼からまた働く。日が暮《く》れるころ、橋の下に帰ってくる。このように毎日の生活に一定のリズムがあるのは、とても心の落ち着くものだった。

昼の残りをまたさらわれないように、モギは隠《かく》し場所《ばしょ》を変えた。家にもっと近い庭の隅《すみ》に浅いくぼみを掘《ほ》り、目立たない、平たい石をのっけておいたのだ。その日の夕方、弁当の残りはちゃんとあった。それからは、毎日じいさんに夕食をもって帰れるようになった。

トゥルミじいさんの喜ぶ顔を見ると、モギは本当にうれしくなった。ミンのおかみさんの作ってくれる弁当はつつましいものだが、それでも、じいさんの目は、宝物《たからもの》でも見るようにかがやいた。

「今日は豆腐《とうふ》じゃの！　キュウリのキムチもついておる！　よい組み合わせじゃわい！　やわらかい豆腐にしゃきしゃきとしたオイキムチ。豆腐の味をぴりっとからいキムチでひきたてる。ミンの奥様《おくさま》は料理の天才じゃのう！」

隠《かく》し場所《ばしょ》を変えてから二、三日して、モギはふしぎな発見をした。昼にはいつものように半分食べたのに、夕方見ると、なんと碗《わん》はまたいっぱいになっていた！

モギは、手にもった碗をまじまじとながめた。それから、家のほうを見たが、ミンも、おかみさんもいなかった。それからというもの、モギの碗は夕方にはかならずいっぱいになっていた――モギとトゥルミじいさんの夕食に足りるほどに。


やがて、モギは粘土《ねんど》を漉《こ》す仕事をするようになった。単調で、けっこう時間はかかったが、モギはこの作業にとても興味《きょうみ》をひかれた。

ミンの家からややはなれたところを、きれいな小川が流れている。流れのほとりに浅く掘《ほ》った穴《あな》がいくつかならび、どの穴も、ごつい麻布《あさぬの》を数枚《まい》かさねたのが内張《うちば》りにしてある。

まず、穴のひとつに粘土と水を入れ、木べらでたんねんにかきまわす。よくまざってどろどろになったその粘土をすくいとり、ふるいの上からとなりの穴にうつす。ふるいを使うのは、小石やごみを取りのぞくためだ。そのまま二、三日放置しておくと、水が切れる。上にたまった水をくみ出すこともあった。

こうしてなめらかにした粘土をミンはつかみだし、ぐっとにぎってみる。目をつぶって、指先ですりつぶすこともある。見ているモギは考える──目をつぶると、指に神経《しんけい》がいくんだな、と。

そういうことを、モギはミンにたずねてみたかったが、それができるようなふんいきではなかった。仕事中のミンは、おしゃべりをきらい、モギに用事を言いつけるときも、ひと言、ふた言、どなるように言うだけ。なにもわからないモギは、ミンやほかの焼《や》きもの師《し》たちのすることを観察し、見よう見まねで、あるいはあてずっぽうで、やってみるしかなかった。

どうしてもっとくわしく説明してくれないんだろう？　モギには、それがふしぎだった。言いつけられたことをおいらがうまくやれなかったら、大事な粘土と時間がむだになるのに……。

モギがしくじると、ミンは声を荒《あ》らげて怒《おこ》る。モギはうつむいて聞いているが、頭の中では、恥《は》ずかしさと、教えてもらえないうらめしさが、ぐるぐる渦巻《うずま》いていた。

最初のころは、どなられるたびに「なぐられるぞ」と覚悟《かくご》した。なぐられることなら、よその家のゴミ捨《す》て場《ば》をあさっていて、なんども経験《けいけん》ずみだ。だが、ミンがモギをなぐったのは、あの日、箱をこわしたときの一回きり。そのあとはどれほど激怒《げきど》しても、手をあげることはもうなかった。


粘土《ねんど》をへらでかきまぜ、漉《こ》してなめらかにし、水をくみ出す――この作業を、モギは、ミンが満足するまで、なんどもくり返した。その回数は、作るものによってちがった。毎日使う急須《きゅうす》などであれば一回でいいが、裕福《ゆうふく》な商人が寺に献上《けんじょう》する優雅《ゆうが》な香炉《こうろ》ともなると、二度も、三度も漉さなくてはならない。ミンの検査《けんさ》に合格《ごうかく》した粘土は、両手でもてるくらいの大きさにまるめられ、ろくろにかけられるのを待つ。

これ以上漉せないくらい漉したものが、青磁釉《せいじゆう》に使われる。五回、六回と漉したあげく、ミンの「もう一回やれ」という身ぶりを見ると、モギはがっかりして、大声でさけぶか、粘土をこぶしでたたくかしたくなるのだった。

釉薬《ゆうやく》は、こうしてできた純度《じゅんど》の高い粘土に水と木灰《もくばい》をまぜて作るが、その割合《わりあい》は作り手によってことなる。木灰を使う方法は、昔、偶然《ぐうぜん》に発見されたものらしい。ひょっとすると、窯《かま》でふつうに焼いていたものにたまたま灰がかかり、かかった部分が美しい青磁色に仕上がったのかもしれない。今では、焼《や》きもの師《し》たちは、それぞれ秘密《ひみつ》の調合法をもっていた。

その色あいを、焼きもの師たちはどれほど誇《ほこ》りにしたことか！　緑でありながら、その奥《おく》に青、灰、薄紫《うすむらさき》を沈《しず》めたようなその美しさは、たとえていうなら曇《くも》った日の海の色。微妙《びみょう》にことなるさまざまな色がひとつにとけあい、彫《ほ》りの深い部分では深みをおび、盛《も》りあがった部分はつややかに光る。昔、中国の高名な学者がこの世のふしぎを十二あげたとき、十一までは中国のもので、十二番目は高麗《こうらい》青磁の色であったそうな。この話を、チュルポの子らは、歩けるようになるまえから聞かされていた。

一回漉したただけの粘土と、三回漉した粘土のちがいは、モギにもわかった。三回漉したものは、絹《きぬ》のようになめらかだ。それにくらべると、一回しか漉《こ》していない粘土《ねんど》はざらついて感じられた。

だが、三回をこえると、モギにはちがいがわからない。目をつぶって、息をとめて、指ですりつぶしてみる。五回漉したのと、六回漉したのは、どこがちがうんだろう？　親方はどこでちがいを知るんだろう？　おいらにわからないのは、なぜ……？

ミンは、モギの仕事ぶりをほめたことが一度もない。まるめてある粘土をひょいともって、すたすた作業場へもどっていくだけだ。残されたモギは、あきらめの気分で粘土漉しを続ける。親方はあの粘土でろくろを回すんだなあ、とうらやましく思いながら。

モギは、昔から、村のうわさを聞きのがさないようにしていた。モギとトゥルミじいさんが生きていくうえで、それは、たいそう大事なことだった。たとえば、どこかで婚礼《こんれい》があると聞けば、花嫁《はなよめ》さんの家でごちそう作りが始まるとわかる。婚礼の日のごちそうは、何日もかけて作るから、そのあいだ、その家のゴミ捨《す》て場《ば》は宝《たから》の山だ。息子《むすこ》の誕生《たんじょう》、あるじの葬式《そうしき》によっても、その家から出るゴミは変わった。

むろん、村の人がモギにそんな話をして聞かせるはずはない。そこでモギは、人々《ひとびと》の日《にち》常《じょう》にあらわれる変化に、いつも気をつけていた。ある家にいつもより多く米がとどけられたら、近いうちにそこで祝いごとがあるしるしだ。ふだん酒を飲まない人が、夜になって千鳥足で家路をたどるのを見かけたら、息子さんが生まれたんだなと思ってよかった。

モギは、村の家のゴミ捨て場をまんべんなくまわった。そして、人の話にそれとなく耳をそばだてた。また、それによって「おいらは、人なみにあつかってもらえないくらい身分が低いんだ」とさとるようにもなった。なぜなら、村人たちは、モギがそこにいることなど気にもとめず、気づいたとしても、まるきり無視《むし》して立ち話を続けたから。

それはともかく、こうして耳から仕入れた村の情報《じょうほう》を、モギはトゥルミじいさんのもとにもちかえり、ふたりは「当分食べるものに困《こま》らない」と喜びあうのだった。

じいさんは、こんなじょうだんをよく言った。

「モギとは、ぴったりの名前よのう！　やせっぽちの木に生えたモギは、人の耳によう似《に》ておる。おまえは、だれからも見てはもらえんが、耳はちゃあんとあけとる。まことにモギそっくりじゃわい」

モギの耳ざとさは、ミンの手伝いをするようになってからも、たいそう役に立った。

「ひとつ作るのに、二カ月もかけるとはな！」

「ミンさんは亀《かめ》なのさ」

「値段《ねだん》がすごいよ。たった一個《こ》で、ざっと牛二頭、馬一頭、それにあんたとこの長男を合わせたくらいはするからな」

こんな口調で、ほかの焼《や》きもの師《し》、その弟子《でし》、村の人々《ひとびと》は、ミンのうわさをした。たいがいはただのじょうだんなのだが、裏《うら》にあけすけな嘲笑《ちょうしょう》が感じられることもあった。こうしてモギにも、自分の師匠《ししょう》が人からどう見られているか、だんだんにわかってきた。「仕事はのろいが、値段は高い」――これがミンの定評《ていひょう》だったのだ。

ミンは、ひとつ、ひとつの仕事にあまりにも時間をかけるため、作品の数がひじょうに少ない。当然、単価《たんか》は高くなる。ミンの作品の美しいことは広く知られていた。だが、それを買える者は多くはなかったのだ。

だんだんにわかってきたことが、ほかにもある。若《わか》いころのミンは、チュルポの焼きもの師仲間では出世頭《しゅっせがしら》のひとりだったらしい。だが、こり性《しょう》がわざわいして、約束の期限《きげん》を守れないことがしばしばあった。金払《かねばら》いのよい依頼主《いらいぬし》たちは何カ月も待たされるのに愛想をつかし、しだいによそにたのむようになっていった。むろん、今でも、ミンの作品を手に入れるためならいつまでも待つ、という人もいないわけではないが、その数は年々《ねんねん》へっていた。

そんなミンに、もしも王室から注文がきたら……？　そうすれば、買い手がつくかどうかで頭をなやますことなど、まったく無用になるだろう。

宮廷《きゅうてい》の日用品。宮中とその寺院に飾《かざ》る品々《しなじな》。さらには世界に冠《かん》たる中国への贈答品《ぞうとうひん》。そうしたものを作るのは、骨折《ほねお》りがいのある仕事だ。報酬《ほうしゅう》もたっぷり期待できる。それゆえ、王室から声がかかるのを、焼きもの師たちはみな夢《ゆめ》見ていた。

でも、親方は夢見ているだけじゃないんだ――モギにはそう思えてならない。おいらの親方は、きっと、そのために生きてきたんだ。

ミンが自分のことを語ることはけっしてなかった。そんなわけで、モギは、人の話を総《そう》合《ごう》して、また、自分の目でしっかり観察することで、さらにはミンの仕事場の空気を日々《ひび》呼吸《こきゅう》することによって、師匠の人となりや考えていることを、少しずつ理解《りかい》するようになっていった。

まだ寒いころに咲《さ》きはじめた梅やスモモの花が、やがて春風に散り、そのあとの葉陰《はかげ》に豆粒《まめつぶ》ほどの実がなった。モギが粘土《ねんど》を掘《ほ》ったり、漉《こ》したりしているあいだに季節は進み、その実はしだいにふくらんで、赤紫《むらさき》にうれたスモモは、ぽとり、ぽとりと地に落ちた。トゥルミじいさんは不自由な足で歩きまわり、上着のすそをむすんで袋《ふくろ》にしたところに、それを拾いあつめた。

その夏、モギとトゥルミじいさんは食べるものに困《こま》らなかった。昼にモギが半分食べた弁当《べんとう》は、夕方にはかならずまたいっぱいになっていた。じつをいうと、モギは、全部食べようか、という気になったことがある。なくなっても、おかみさんがまたいっぱいにしてくれるよ……。だが、モギは、そんな意地きたないことを思った自分を、すぐに深く恥《は》じた。トゥルミじいさんの考えなら聞いてみるまでもなく、「人様のご好意にあまえるのはいかん」——そう言うにきまっていた。

そうだ、そんなことを考えるひまに、おかみさんへの恩返《おんがえ》しを工夫《くふう》しよう。世話になる

郵便はがき

料金受取人払郵便

牛込局承認

3055

差出有効期間
令和7年1月9日
切手はいりません

162-8790

東京都新宿区
早稲田鶴巻町551-4

あすなろ書房
愛読者係　行

■ご愛読いただきありがとうございます。■
小社のホームページをぜひ、ご覧ください。新刊案内や、
話題書のことなど、楽しい情報が満載です。
本のご購入もできます➡http://www.asunaroshobo.co.jp
(上記アドレスを入力しなくても「あすなろ書房」で検索すれば、すぐに表示されます。)

■今後の本づくりのためのアンケートにご協力をお願いします。
お客様の個人情報は、今後の本づくりの参考にさせて頂く以外には使用いたしません。下記にご記入の上(裏面もございます)切手を貼らずにご投函ください。

フリガナ お名前	男・女	年齢　　歳
ご住所　〒		お子様・お孫様の年　　歳
e-mail アドレス		
●ご職業　1主婦　2会社員　3公務員・団体職員　4教師　5幼稚園教員・保育士　6小学生　7中学生　8学生　9医師　10無職　11その他(　　　)		

※引き続き、裏面もご記入ください。

● この本の書名（　　　　　　　　　　　　　　　　　　　　　　　　　）
● この本を何でお知りになりましたか？
1 書店で見て　2 新聞広告（　　　　　　　　　　　　　　　　新聞）
3 雑誌広告（誌名　　　　　　　　　　　　　　　　　　　　　　）
4 新聞・雑誌での紹介（紙・誌名　　　　　　　　　　　　　　　）
5 知人の紹介　6 小社ホームページ　7 小社以外のホームページ
8 図書館で見て　9 本に入っていたカタログ　10 プレゼントされて
11 その他（　　　　　　　　　　　　　　　　　　　　　　　　）
● 本書のご購入を決めた理由は何でしたか（複数回答可）
1 書名にひかれた　2 表紙デザインにひかれた　3 オビの言葉にひかれた
4 ポップ（書店店頭設置のカード）の言葉にひかれた
5 まえがき・あとがきを読んで
6 広告を見て（広告の種類〈誌名など〉　　　　　　　　　　　　）
7 書評を読んで　8 知人のすすめ
9 その他（　　　　　　　　　　　　　　　　　　　　　　　　）
● 子どもの本でこういう本がほしいというものはありますか？
（　　　　　　　　　　　　　　　　　　　　　　　　）

● 子どもの本をどの位のペースで購入されますか？
1 一年間に10冊以上　2 一年間に5〜9冊
3 一年間に1〜4冊　4 その他（　　　　　　）
● この本のご意見・ご感想をお聞かせください。

ご協力ありがとうございました。ご感想を小社のPRに使用させていただいてもよろ
いでしょうか　（1 YES　2 NO　3 匿名ならYES）
小社の新刊案内などのお知らせをE-mailで送信させていただいても
ろしいでしょうか　（1 YES　2 NO）

ばっかりで、ろくなお礼もできないなんて、恥ずかしい。いろいろ考えたすえ、モギは、ミンの仕事が早くおわった日は、おかみさんの畑の草をむしったり、庭をはいたりすることにした。帰るまえに、小川の水をくんで、水がめをいっぱいにするのも忘《わす》れなかった。だが、モギにできるのはそのていど。もっとましなことができないかなあ！

そんな気がかりはあったにせよ、夏は金色に降《ふ》りそそぐ日光とともにすぎていった。夜は暖《あたた》かく、仕事もあれば、食べるものにも事欠かず……。トゥルミじいさんも、満足そうによくこう言ったものだ。「たっぷりの食事のあとに、熟《じゅく》したあまいスモモをいただく。あとはなあんも、いらんのう」

5

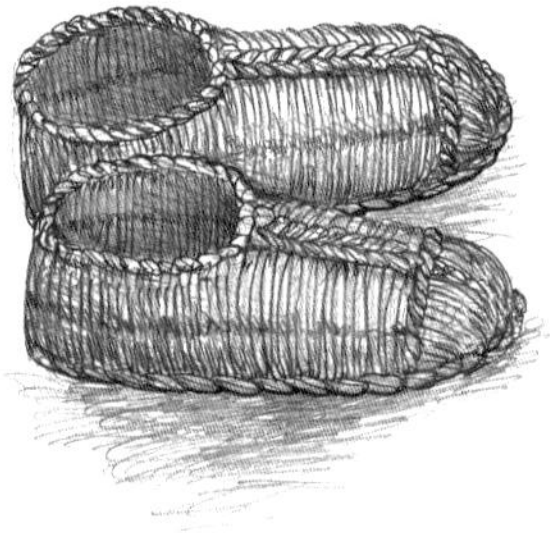

秋がきて、木々《きぎ》がきれいに紅葉《こうよう》した。ある朝早く、ミンの家へといそいでいたモギは、カンが手押《ておし》車《ぐるま》を窯場《かまば》のほうへ押していくのを遠くから見かけた。ふしぎなことに、荷には布《ぬの》がかぶせてあった。ふだん使いの食器なら、布でかくしたりはしない。きっと、特別のものを焼くのだろう。

時刻《じこく》がずいぶん早いのも、人目をさけるためのような気がした。だれもこないうちに、窯《かま》のいちばん奥《おく》に入れるつもりなんだな。

モギは腕組《うでぐ》みをし、眉《まゆ》をよせて、しばらくそこに立っていた。そうだ、今日窯に入れたものが焼きあがるころに見にいけば、わかるぞ……。

だが、数日たって窯にいってみると、カンの作品はもうなかった。


それから三、四日、モギは、仕事の行き帰りや、ミンの使いで出あるくとき、カンのいそうなところを目でさがした。そのかいあって、四日目にある発見をした。

そろそろ暗くなる時刻、かって知ったるカン家のゴミ捨《す》て場《ば》でしゃがんでいると、カンが両方の手に小さな鉢《はち》をひとつずつもって作陶《さくとう》小屋から出てきた。鉢にはなにかがふちまで入っているらしく、カンの手つきはしんちょうだ。と、小石につまずき、鉢の中身が少しこぼれた。カンは悪態《あくたい》をつきながら家の中に消えた。

モギは、ちょっと待ってから、カンのつまずいた場所にいき、夕明かりをたよりに地面をしらべてみた。こぼれていたのは、焼《や》きもの師《し》たちが〈泥漿《でいしょう》〉と呼《よ》ぶ、とろとろにといた粘土《ねんど》だった。

泥漿は特別変わったものではない。それでも、モギは、変だな、と思った。こぼれた泥漿の色は、ひとつはれんがのような赤。もうひとつは白。

川の土手からはさまざまな色の粘土《ねんど》が出る。だが、焼《や》きもの師《し》たちは、灰色《はいいろ》がかった茶色の粘土しかとらない。その色の粘土は、釉薬《ゆうやく》をかけて焼くと、窯《かま》から出てくるときには半透明《はんとうめい》の緑色になっている。

一方、白や、赤さび色のまじった場所はだれも掘《ほ》らない。そこの土が青磁《せいじ》に適《てき》さないことを知っているからだ。ところが、カンは、赤と白の泥漿《でいしょう》をもっていた。なにをするつもりだろう？

モギはしきりに考えながらその場をはなれた。

色のついた泥漿で模様《もよう》をかいてみる者がたまにはいるのを、モギも知っていた。だが、それがうまくいったためしはない。焼いてみると、かいた模様は、ぼけるか、流れるかしてしまう。かけだしならいざ知らず、経験《けいけん》を積んだ者がそんなことをするはずはない。

カンも、あの泥漿で模様をかくつもりはないだろう。だとしたら、あんなにわずかな泥漿でいったいなにを……？　その夜、橋の下へともどるモギの頭にはたくさんの「？」が浮《う》かんでいたが、これという答えは思いうかばなかった。

モギの変わりばえのしない仕事はえんえんと続いた。薪《まき》を割《わ》る。粘土を掘る。それを漉《こ》す。ときには、貝殻《かいがら》を拾いに浜《はま》へいくこともあった。作品を窯で焼くとき、作品の底部が棚《たな》の土に直接《ちょくせつ》つかないように、ならべた貝殻の上にのせる。そのため、貝殻は大きさも形もそろっていなくてはならない。モギはかごいっぱいに拾ってもどるが、ミンがえらぶのはほんの数個《すうこ》。モギはまた浜へいき、よさそうなのを拾うのだった。

最初のうち、モギは、朝目がさめると「今日は、ろくろを回させてもらえるかも！」と思ったものだ。それが今では「今月こそは……」「ひょっとしたらこの冬……」「春になったらきっと……」に変わっていった。こうして、希望の火はひとまわり小さくなったが、炎《ほのお》の色の明るさは以前とおなじ。それどころか、いつかは焼いてみたいと思う作品のイメージを、毎日のように思いえがいていた。

モギが作りたいのは梅瓶《めいぴん》だ。下部はほっそりとして、そこからふくよかなまるみが立ちあがり、なだらかな肩《かた》の線がよりあつまって口となる。丈高《たけたか》く、均整《きんせい》のとれたその姿《すがた》は、なににもまして美しい。梅瓶に花をいけるなら、梅。それも、ただひと枝《えだ》でなくてはならない。

ミンのろくろの上で、梅瓶《めいぴん》の釣り合《あ》いのとれた形ができあがっていくのを見ると、モギの心はおどった。ミンのもとで働きはじめたころ、ミンが、仕上がった梅瓶に梅の枝《えだ》をさして見ばえをたしかめているのを、そばでどきどきしながらながめたことがある。器《うつわ》の豊《ゆた》かな曲線と幽玄《ゆうげん》な緑。鋭《するど》く曲がった黒い枝に咲《さ》く白い花。人間のわざと大自然のわざ。土から生まれた器と、空をあおいでいた枝。それらがひとつにとけあって、見る者は雑念《ざつねん》を払《はら》われ、身も心も安らかになる。

日が短くなり、気温が下がった。稲刈《いねか》りがおわり、貧《まず》しい者が落《お》ち穂《ぼ》拾いをゆるされる季節がきた。

落ち穂を拾うのはらくではない。腰《こし》をまげて何時間も拾ったあげく、手にするのはほんのわずか。それでもモギはまだ暗いうちに起きて、仕事にいくまえの一時間ほどと、日が落ちて暗くなってからもまた、落ち穂拾いをした。貧しい者は、こうして集めた米で、野にも山にも食べるもののほとんどない冬をやっと越《こ》すのだ。

モギは、仕事帰りに落ち穂を拾っているときなど、もうひと粒《つぶ》だって見つけるのはむりだ、と思うことがあった。「今はちゃんと働いているのだから、こんなにがんばらなくたって……」という気にもなった。だが、すぐに「この仕事もいつまであるかわからない」という心配もこみあげ、なおさらけんめいにさがした。

トゥルミじいさんものんきにしてはいなかった。落ち穂拾いに疲《つか》れると、田の畦《あぜ》に腰《こし》をおろし、落ちているわらで、むしろやはきものをあんだ。足が悪くて力仕事はできないが、若《わか》いころにおぼえたわら細工が身を助けていた。

まずは、モギのわらぐつだ。仕事にいくのだから、じょうぶなのがいる。じいさんは、ひもでモギの足の寸法《すんぽう》を念入りにはかり、底を何層《なんそう》にもかさねてあんだ。足をつつむ部分もしっかり仕上げた。

「ようし、これでよかろ！」

ある日、冬の夕闇《ゆうやみ》がせまるころ、じいさんはわらの最後の一本を編《あ》み目《め》にたくしこみ、できあがったのをモギにわたした。モギは「ありがとう！」と頭を下げると、さっそくはいてみた。

見ていたじいさんの顔が、しょぼんとなった。モギがつまさきを押《お》しこみ、わらぐつのかかとをぐいとひっぱっても、足ははみだしたままだったから。

「おかしいのう！」

じいさんは、巾着《きんちゃく》から寸法《すんぽう》をはかるのに使ったひもをひきだすと、わらぐつの底にあてがってみた。

「見い！　わしがまちごうたのではないぞ。モギぼう、このひと月でずいぶんとのびよったの！」

じいさんの言うとおりだった。モギ自身、その日、天井《てんじょう》がわりの橋の横板に頭をぶつけ、背《せ》がのびたことに気づいたばかりだった。ついこのまえまで、まっすぐ立っていられたのに！　モギは、申しわけなさそうに頭をふった。せっかくあんでくれたのにね……。

じつは、モギにはもうひとつ心配の種があった。

毎年、この季節には、山寺の僧《そう》たちが十分の一税《ぜい》（僧の生活を維持《いじ》するための税）の米を集めに里に下りてくる。村人のなかには、米のほかに、衣類をさしあげる者もいる。そんな衣類が貧《まず》しい者にほどこされることがあり、モギはそれを心待ちにしていた。ところが、この秋は僧たちの姿《すがた》がまだ見えない。寺で悪い病気でもはやっているのだろうか。それとも、ほかの異変《いへん》でも……？　いずれにしても、モギはだんだん心配になってきていた。

トゥルミじいさんは寒いのがにがてだ。そして、夜はもう霜《しも》がおりるようになっていた。やがて、山から吹《ふ》きおろす寒風にのって、ふもとの村に冬がきた。チュルポに大雪が降《ふ》ることはめったにないが、吐《は》く息はもうまっ白。冷気の子鬼《こおに》どもが、鼻や手足をちくちく刺《さ》しまくる。橋の下のふたりがねぐらを変えるしおどきらしい。

毎年、ふたりは、村はずれにある地下の穴《あな》ぐらで冬の寒さをしのぐことにしていた。昔、そこは農家だったが、家そのものは火事で焼け、野菜を貯蔵《ちょぞう》するための穴ぐらだけが残っていた。このあたりの農家では、広くて深い穴ぐらをこしらえて、自家用の野菜を貯蔵するのがならわしなのだ。モギたちが使わせてもらうその穴も、トゥルミじいさんがまっすぐに立っても頭がつかえないくらい深い。出入り口は地面からななめに掘《ほ》られている。ふたりは、この上に木の枝《えだ》やわらをかぶせ、床《ゆか》にはじいさんのあんだむしろをしいて使った。

モギはここで寝《ね》るのが好きではない。風のあたらないところで寝るほうがよいのはわかっていても、土の下にいると思うと、よけい寒い気がしたし、閉《と》じこめられているような感じもきらいだった。橋の下なら、ひと晩《ばん》じゅうせせらぎの音がして、夢《ゆめ》を遠くへ運んでいってくれるのに。トゥルミじいさんといっしょでなかったら、長い冬の長い夜にとうてい耐《た》えられなかったろう。

「それほど長くはないぞ」というのが、じいさんの毎年の口ぐせだった。「寒《かん》をすぎれば、山の雪がとけはじめる。春の増水《ぞうすい》がひくまでのがまんじゃ。ふた月もすりゃ、橋の下にもどれるわい」


ある朝、モギが裏庭《うらにわ》でミンを待っていると、戸があいた。見ると、おかみさんが黒っぽい衣類をかかえてあらわれ、ふだんとはちがう命令口調でモギを呼《よ》んだ。

「モギ、きなさい！」

モギはどきっとした。おいら、なにかしかられるようなことをしたかな……？　だが、おかみさんの目は笑っていた。モギは、近づいて、ぴょこりとおじぎをした。

「寒くてふるえながら、親方の大事なご用が満足にできますか？」

頭を上げたモギに、おかみさんはもっていた衣類をわたした。モギの目がまるくなった。それは、じょうぶな綿布《めんぷ》に刺《さ》し子《こ》と綿入《わたい》れをほどこした上着とズボン。冬に着るのにこれほど暖《あたた》かいものはない。おかみさんはモギの手から上着をとり、広げてみせた。

「ちょうどいいと思いますよ」

ほら、着てごらんなさい、というように、おかみさんは眉《まゆ》をあげた。モギは、上着を受けとり、そでに手を通した。ぬくもりがふわっと体をつつんだ。きっと、炉《ろ》のそばで暖めてあったのだ。

「着られそうね」

おかみさんはうなずき、ちょっとためらってから、低い声で続けた。

「昔、うちにはヒョングという名前の息子《むすこ》がいたのよ。でも、熱病で死にました。今のあなたとおなじくらいの年でね。せっかくぬったのに、着ないうちに……」

ええっ！　モギは、思わず息をのんだ。仕事の鬼《おに》みたいな親方に、子どもがいたなんて……！

「それを着て、かぜをひかないようにね」

おかみさんの声で、モギははっとわれに返った。

「あ、ありがとうございます」

おかみさんはだまってうなずき、家に入った。

おかみさんと入れちがいにミンが出てくると、いつもとちがう身なりのモギをじろっと見た。モギは息をとめた。息子《むすこ》さんの服を宿なしのおいらなんぞが着てるのを見て、どう思うだろう?

「あれの思いつきだ。わたしは知らん」

ミンはぼそりとつぶやき、手ぶりで「さあ、仕事だ」と合図をした。

その日、モギは、そでをたくし上げてばかりいた。いくらか長かったし、あったかすぎるような気がしたからだ。それまでは、穀物袋《こくもつぶくろ》のそまつな布《ぬの》をぬいあわせただけの服で働いていたのだから、むりもない。

だが、そのうちに思いついた。じいやんだったら、ちょうどいいんじゃないかな……。

新しい衣服を見せられたトゥルミじいさんは、目をかがやかせたが、すぐには受けとらなかった。おまえがいただいたものを横取りしては悪い、と言って。

その点は、モギも帰る道々《みちみち》、とっくり考えてきた。もちろん、もらったのはおいらだけど、自分のものになった以上、人にゆずったってかまわないんだ。モギは、おかみさんの顔を思いうかべ、じいやんが着てもきっと怒《おこ》らない、ときめたのだ。

じいさんを納得《なっとく》させるには、もうひと押《お》ししなくてはならなかった。モギは、じいさんのあんでいるわらぐつに目をやると、断固《だんこ》として言った。

「じいやんが着ないんだったら、おいらも、それ、はかないからね」

「強情《ごうじょう》っぱりの子猿《こざる》め！　毎年、冬のくつをだれがこさえてやった？　それをことわるとはな！」

そう言いながらも、じいさんは早くも上着のそでに手を通した。しかめっ面《つら》をしてはいるが、喜んでいるのがモギにはわかった。

ズボンはじいさんには長すぎたので、モギがはくことに。おたがいをながめて、ふたりはにやにや。じいさんは、上着は新しいが下はボロ。モギは、上がボロでズボンは新品。

じいさんが笑いだした。

「珍妙《ちんみょう》じゃのう！　しかし、ふたり合わせりゃりっぱ、りっぱ！」

じいさんが笑っているそばで、モギは弁当《べんとう》の食べ物をとりわけはじめた。

ある日の帰り道、モギが新しいズボンのぬくぬくした感触《かんしょく》を楽しみながら歩いていると、闇《やみ》の中に一点の明かりがちらちらするのに目をひかれた。今では日もすっかり短くなり、モギが帰るころにはもう暗い。その明かりは、カンの家の裏《うら》にある小屋からもれていた。モギは足をとめた。あの小屋、窓《まど》がないはずなのに。板壁《いたかべ》にすきまか節穴《ふしあな》があるんだな。

モギは、のぞいてみたい誘惑《ゆうわく》に負けた。凍《し》みた地面をそろり、そろりと歩いて小屋に近より、壁づたいにまわりこんでいくと、ちょうどよい高さに節穴があった。あたりをすばやく見まわしてから、片目《かため》をあてると……。

カンの横顔が見えた。カンの前に赤と白の泥漿《でいしょう》を入れた鉢《はち》がふたつ。そのすぐむこうで、油皿の灯心が燃《も》えている。カンは、ろくろを作業台にして酒盃《しゅはい》に模様《もよう》を彫《ほ》っていた。花だ！　チュルポの焼《や》きもの師《し》たちは精巧《せいこう》な彫りの技術《ぎじゅつ》で有名だ。カンが彫っているのは、ごく単純《たんじゅん》な菊《きく》の花。ただし、りんかくを彫るだけではなく、カンは、花びらのりんかくの内側をえぐりとっていた。

モギはなおも目をこらした。カンは、とろとろの白い粘土《ねんど》をきりの先でごく少量すくいあげ、花びらの形にへこました部分に、ひとつ、またひとつ、とおいた。鼠色《ねずみいろ》の地に、白い花が浮《う》かびあがった。茎《くき》と葉には赤い粘土を使っている。続いてカンは、小さなこてを使って、菊を描《えが》いた白と赤の部分をていねいにならした。

最後に、そのようにして仕上げた酒盃をじっくりながめ、立ちあがると、道具を棚《たな》の上においた。今夜の仕事はおわったらしい。もうすぐ小屋から出てくるぞ！　モギは、あたりをそうっと見まわしてから、大いそぎでそこをはなれた。

長い時間おなじ姿勢《しせい》でのぞいていたため、首筋《くびすじ》と背中《せなか》がこりかたまっていた。モギはとっとと歩きながら、こった筋肉《きんにく》をほぐそうと、なんども肩《かた》をすくめた。そのしぐさは、「なんだ、あんなもの！」と言っているようにも見えた。

6

モギは、謎《なぞ》の酒盃《しゅはい》の焼きあがったところが見たいばかりに、その後しばらく、帰りがけにはかならず窯《かま》によった。

するると、ある夕方、カンの息子《むすこ》が窯から焼きあがった作品を取りだし、手押《てお》し車《ぐるま》に積みこんでいるところにいきあわせた。モギは、うやうやしく拝見《はいけん》するふりをして近くにより、よく見た。だが、ふつうの青磁《せいじ》ばかりで、白い花模様《もよう》の酒盃はなかった。ついに春の足音が聞こえるころになっても、あの酒盃は出てこなかった。

ある日、窯からもどってくると、酒屋の前に老若《ろうにゃく》の男たちが群《む》れていた。仕事帰りにここで一杯《ぱい》ひっかける者なら、いつもいる。しかし、今日は中に入りきれないほど、大勢《おおぜい》だ。おまけに、だれもがひどく興奮《こうふん》していた。群れの中からひとりの少年が、モギを見て呼《よ》びかけた。

日ごろ仲間はずれにされているモギは、びっくりした。みなしごは縁起《えんぎ》が悪いと思われているため、子どもたちはモギを見るとよける。うんと幼《おさな》い子など、母親の服のすそにかくれてしまう。ミンのところで働くようになった今は、ほかの焼《や》きもの師《し》の弟子《でし》たちから新顔に見てもらえるくらいにはなった。それでも、声をかけられることなど、まずない。よほど大きなニュースが村にとどいたのだろう。

「モギ！　聞いたか？　王様のお使いがチュルポにくるんだってさ！」

モギは耳をそばだて、話に夢中《むちゅう》になっている人々《ひとびと》のそばをめぐりあるいた。それでわかったのはつぎのようなことだった。

真冬のあいだ荒《あ》れていた海が春の声とともにいくらかおだやかになると、船の往来《おうらい》がまた始まった。チュルポの港にも、その日の昼すぎ一そうの船が入ってきた。その乗組員が「来月こっち方面へくる船に、王室のお使者が乗ってみえる」と言ったという。使者の行き先は、まずチュルポ。それからカンジン。カンジンもやはり焼きものの村であり、もっと南の海辺にあった。

チュルポとカンジン！　このふたつをまわるのなら、宮中御用達《ごようたし》の焼《や》きもの師《し》ご指名が目的なのだ！

男たちは酒を飲みつつ、少年たちは歩きまわりながら、だれもが夢中《むちゅう》で話していた。話題はもっぱら「何人指名されるか」。不安そうな者。落ち着いている者。表情《ひょうじょう》はさまざまだが、どの顔にも期待があふれていた。むろん、それを口に出す者はひとりもいなかったが……。

モギが店の中をのぞくと、カンがいた。隅《すみ》の椅子《いす》にかけて両足を突《つ》きだし、両手を頭のうしろで組んで、人々《ひとびと》の話を聞いている――目を半分閉《と》じ、口もとにうっすらと笑いを浮《う》かべて。その顔は、ほかの人はいざしらず、モギにはいかにも秘密《ひみつ》ありげに見えたのだ。

その晩《ばん》、モギはなかなか眠《ねむ》れず、寝返《ねがえ》りばかりうっていた（モギとトゥルミじいさんは、また橋の下にもどっていた）。あおむけに寝て、橋の裏《うら》をじっと見ているかと思うと、うつぶせになり、すぐまた横向きに。

とうとう、たまりかねたじいさんが、モギをつついた。

「こら！　どこぞで鬼《おに》めを拾うてきたな？　わしまで眠れんわい！」

モギはごそごそと起きあがり、両腕《りょううで》でひざをかかえた。

「鬼は鬼でも、ききたがり屋の子鬼だよ」

トゥルミじいさんも起きあがった。

「言わせてみい。答えを聞いたら消えるじゃろ。そうすりゃ、わしも眠れるわい」

モギはゆっくり話しはじめた。

「そのう、盗《ぬす》むってことだけど……」

ちょっと考えて、最初から言いなおした。

「手にもてないものをね、それを人から取ったら、盗んだことになる？」

「おっほう！　ただのききたがりではのうて、なぞなぞ好きの子鬼か！　で、その、手にもてないものとは？」

「うん……〈思いつき〉かな。まだだれもやってない、新しいやり方」

「今みんながやってるのより、うまい方法かの？」

「そう。みんなが使うようになったら、思いついた人が有名になるような」

じいさんは無言で横になった。そのまますっとだまっているので、寝《ね》てしまったのかとモギは思い、ためいきをつくと、自分も横になった。そのあいだも、頭は休みなく考えつづけていた。

ミンの技量《ぎりょう》はカンよりはるかに上だ。それを知らない者はチュルポにはひとりもいない。モギも、自分の目で見て知っている。一方、カンも、巧《たく》みさでは人に負けない。作る器《うつわ》の形はよく、釉薬《ゆうやく》の色もみごとだ。だが、カンには根気が欠けていた。

焼成《しょうせい》——青磁《せいじ》の色がきまる最終段階《だんかい》——は、人間の思いどおりにはならない。まず、窯《かま》で燃《も》やす薪《まき》だが、二度とおなじには燃えない。焼成にかける時間、窯のどのあたりに作品をおくか、同時に焼く作品の数、その日の風の向きと強さ。そのほか無数の要素《ようそ》が、作品の仕上がりの色をきめる。

だから、ミンは、特別のものを作る場合には、おなじものをいくつか——ときには十個《こ》も——用意する。それらは窯に入れるときはおなじだが、出てきたときは少しずつ色がちがう。うまくいけば、そのうちのひとつかふたつが、半透明《はんとうめい》の青磁の色を発している。失敗作は色が曇《くも》り、最悪の場合は茶色のしみがあちらこちらに浮《う》きあがる。全体に茶色がかってしまうこともある。なぜそうなるのか、知る者はいない。それゆえ、万全《ばんぜん》を期すには、作品を数多く用意するのがいちばんなのだ。

ミンは、仕事がおそいうえに、念のために用意する数がほかの焼《や》きもの師《し》たちよりずっと多い。カンはどうかといえば、細部の仕上げにも、焼成にも、ミンほど神経《しんけい》を使わないようだ。しろうとが見れば、二人の作品はそれほどちがわないが、チュルポでは、だれもがくろうとの目をもっていた。

モギが思うに、来月村にくる使者の目も鋭《するど》いにちがいない。御用《ごよう》焼きもの師を指名するため、宮中から派遣《はけん》されるほどの人が、最高の鑑識眼《かんしきがん》をもっていないはずはない。いつかの晩《ばん》、カンは赤と白の泥漿《でいしょう》を使っていた。あの新しい手法は、ご指名がいただけるくらいすごいものなんだろうか？　だとしたら、親方があの方法を使えば、ずっとうまくやれるよ……！

ところが、ミンは、そんな手法があることも知らない。そこで〈ききたがり屋の子鬼《こおに》〉

の出番となったのだ。あの晩《ばん》見たことを親方に教えたら、人の思いつきを盗《ぬす》んだことになるのかな？

じいさんが急にしゃべりはじめたので、モギはびっくりした。

「だれかのかくしておる思いつきを、別のだれかが、こっそりと、あるいはだまして、もらってしまう。とすれば、それは盗みじゃわい。じゃが、いったん公表されたなら、その思いつきはみんなのものになる。思いついた者とて、もはやひとりじめはできん」

モギは横むきに体をまるめ、じいさんの息づかいがしだいに寝息《ねいき》に変わるのを聞いていた。

暗闇《くらやみ》に、あるイメージが浮《う》かんだ。それは、あの晩カンの小屋の節穴《ふしあな》に片目《かため》をあてていた自分の姿《すがた》。

おいらはこっそり見てた。

親方には、まだ言えない。

それからも、モギの毎日は変わらなかった。ミンも、ほかの焼《や》きもの師《し》たちも、ろくろを回し、模様《もよう》を刻《きざ》み、釉薬《ゆうやく》をかけ、窯《かま》で焼き、焼きあがったもののどれかをえらび、ほかを捨《す》てるという、それまでとおなじ作業を続けた。だが、モギは、そこここに小さな変化を発見した。

まず、ミンがろくろ回しの鼻歌をうたわなくなった。それから、ふだんはいるかいないかわからないほどひっそりと家の中で用事をしているおかみさんが、ちょいちょい家から出てくるようになった。そして、夫の仕事の進みぐあいをさりげなくたしかめたり、昼休み返上で作業に没頭《ぼっとう》している夫のために、お茶ともちを運んできたり。窯場のふんいきもがらっと変わった。それまでは軽口をたたき、のんびりタバコをふかしていた焼きもの師たちが、今では口をへの字にむすんで、せわしそうに動きまわっていた。

それはあたかも「王室のお使者がみえる」というニュースで、村の日常《にちじょう》生活の糸がきりりとひきしぼられたかのようであった。

浜《はま》の近くに、いつもは市《いち》の立つ広場がある。ある朝、そこに焼きもの師たちの弟子《でし》が、三々五々《さんさんごご》集まってきた。モギも、もちろんその中にまじっていた。

弟子《でし》たちは、それぞれ場所をきめ、地面をはききよめると、自分の親方の作品を展示《てんじ》する台を作りはじめた。モギはさりげなく仲間のようすを観察し、台にする厚板《あついた》を五枚《まい》も、六枚ももってきた者がいるのにおどろいた。ミンの作品をならべるには、二枚もあれば足りるのに。

モギは、展示台の作り方について、ミンからこう指示《しじ》されていた。

「板を海と平行におけ。わたしは海を背《せ》にして、お使者をお迎《むか》えする。お使者には、海にむかって器《うつわ》をごらんいただく。いいな」

ミンはそのわけを説明しなかったが、モギにはわかった。器を見る人が海にむかって立つなら、海と器を同時に見ることになる。すると、千変万化《せんぺんばんか》する海の色を器がいかに巧《たく》みにとらえているか、いちだんとよくわかるのだ。

やがて、ある日、日没《にちぼつ》のころにいよいよ船が到着《とうちゃく》した。その晩《ばん》、使者と随員《ずいいん》たちは村役人イーの家にとまった。村でその夜眠《ねむ》ったのは、おそらくこの一行だけだったろう。夜が明けるまえから広場では無数の明かりがちらちらしはじめ、緊張《きんちょう》した表情《ひょうじょう》の焼《や》き物師《ものし》たち、弟子たちが、無言でせかせかと歩きまわり、それぞれの場所に展示品をならべていった。

モギも手押《ておぐるま》し車でミンの作品を運んだが、そばを歩くミンが一歩ごとにどなるので、立ちどまってばかりいるような気がした。

「石があるぞ！　左だ、左！　車をかたむけるんじゃない、ばか！　こっち側を歩け、こっちのほうがたいらだ！　まったく、愛《ア》－《イ》－《ゴ》－《ー》もう！　ぶつけるな！　割《わ》れるぞ、ばかもん！」

モギは、もううんざり。積むまえに、わらであんなに厳重《げんじゅう》に梱包《こんぽう》したんだ、全速力で走ったって割れっこないよ！

数が少ないおかげで、運搬《うんぱん》が一回ですむのがせめてもの幸いというものだった。

展示台の前にくると、ミンはモギに命じた。

「下ろしてならべるのは、わたしがやる。おまえは散らばったわらを拾え。一本残らずだぞ！」

ミンは、作品のならべ方に細心の注意を払《はら》った。高いほうの段《だん》に、まず水滴《すいてき》を二個《こ》おいた。ひとつはカモをかたどったもの。もうひとつは蓮《はす》の花のつぼみ。その横に三個の香炉《こうろ》。三つとも動物が器台を支《ささ》えている。吼《ほ》える獅子《しし》、こわそうな竜《りゅう》、知恵者《ちえしゃ》ふうの亀《かめ》――三匹《びき》は今にも動きだしそうだ。水滴《すいてき》と香炉《こうろ》の間に入れ子式の箱がおかれた。刻《きざ》んだ花の模様《もよう》が美しい。モギも、今ではこの箱の作り方を知っていた。薄《うす》くのばした粘土《ねんど》で中の小箱を作り、それに合わせて外箱を作るのだ。

下の段《だん》に、ミンは梅瓶《めいぴん》二個《こ》と、瓜形瓶《うりがたへい》と、受け皿と組になった水注《すいちゅう》をおいた。受け皿には蓮《はす》の花びらがかさねてはりつけてある。じつはこの花びらの一枚《まい》に、モギの秘密《ひみつ》がかくされていた。

これができあがるまえのこと。ミンが花びらを一枚、一枚、作るところを見ていたモギは、ある日、粘土をほんの少し巾着《きんちゃく》にしのばせてもちかえり、おなじものを自分も作ってみた。さんざん苦心したあげく、ミンのに負けないくらい美しい（と思える）花びらが、一枚できた。

今、展示台《てんじだい》の前のモギは、うしろめたいような、誇《ほこ》らしいような、複雑《ふくざつ》な気分。というのも、自分の花びらができた翌日《よくじつ》、ミンの家の棚《たな》で乾燥中《かんそうちゅう》の花びらの一枚とすりかえておいたから。そのことに、ミンはまったく気づかなかった。

こっそり取りかえたのは、悪かった。だけど、花びらの一枚は、おいらが作ったんだ！

そして、なにより誇らしかったのは、どれが自分の花びらか、いくら見てもわからなかったことだ。

ならべた作品の前で、ミンは舌打《したう》ちをしたり、ぶつぶつひとりごとを言ったりした。もっといい色に仕上がると思ったんだが……。カモをあとひとつ作ればよかった。うむ、まあいいだろう。しかし、もっと時間があったら……！


横で見ていたモギは、あることを思いつき、おじぎをして、こうきいた。

「ちょっと、いってきていいですか？」

ミンは、うるさそうにうなずいた。ひょっとすると、聞いていなかったのかもしれない。

モギはミン家の裏《うら》の雑木《ぞうき》林《ばやし》まで全速力で走った。目あてのものを手に入れると、それをいためないよう、こんどはいくらかゆっくり走ってもどった。

そして、肩《かた》で息をしながらさしだした。

「親方、これを」

モギが取ってきたのは、二本の、白い花をつけた梅の小枝《こえだ》だった。

一瞬《いっしゅん》、ミンの顔に喜色が浮《う》かんだ――とモギは思った――が、受けとるときには、もういつものしぶい顔にもどっていた。

「ふん、いけたところをごらんいただくのも悪くあるまい」

ミンは、二本の枝《えだ》の花のつきぐあいをしらべて、一本をモギに返した。

「花の数が足らん！　どうせなら、三、四本取ってくるもんだ！」

それだけ言うと、ミンは、モギに背中《せなか》をむけ、気に入ったほうの枝を左の梅瓶《めいぴん》にいけはじめた。

モギは、思わずにやりとした。親方にしちゃ、ほめたんだよね！


使者の検分《けんぶん》が始まるまえに、モギにはもうひとつしておきたいことがあった。ミンの用事がもうないのをたしかめると、モギは、カンの場所をさがしにいった。

今日はだれもが自分のことで手いっぱいのはず。それなのに、カンのところには人垣《ひとがき》ができていた。そして、遠くからでも、彼《かれ》らの強烈《きょうれつ》な好奇心《こうきしん》が感じられた。しかし、その集団《しゅうだん》はたいそう静かで、たまにだれかがひと言なにかを言うくらい。

モギは、たまたま通りかかったふりをして近づいていったが、早く見たくて体じゅうのひふがむずむずした。

人垣からひとりぬけたため、すきまができた。モギは、そこから展示台《てんじだい》を見た。

菊《きく》の花だ！

酒盃《しゅはい》、水注《すいちゅう》、瓶《へい》、鉢《はち》――そのひとつ、ひとつに、菊の花が咲《さ》いていた。花びらが八枚《まい》の、ごく単純《たんじゅん》な意匠《いしょう》（デザイン）ながら、見る者の視線《しせん》をとらえてはなさない。よく見れば、カンの作品にはわずかな欠陥《けっかん》があるのだが、白い花の明るさがそれをかくしていた。

モギは近くによって見た。いくつかの作品には、茎《くき》と葉もある。だが、それは赤くはない。焼かれたことで、赤い泥漿《でいしょう》が黒くなったのだ。ひすいのような地の色に、白と黒。そのコントラストはどきっとするほど新鮮《しんせん》だった。

そのうえ、美しかった。モギは、ほかの焼《や》きもの師《し》にならって、無関心な顔でその場をはなれたが、心が底なしの井戸《いど》に沈《しず》んでいくような気がした。あんなすごい新技法《しんぎほう》を開発したカンが、えらばれないはずがない！

宮廷《きゅうてい》の特別官キム氏は、背《せ》の高い、落ち着いた人だった。展示された作品を順番に見ていったが、なにを見ても、その表情《ひょうじょう》は変わらなかった。場所によって検分《けんぶん》にかなりの時間をかけ、すると、作品を見られている者の期待は、時間とともにふくらんだ。

カンの場所ではどこよりも長くかかった。おかげでほかの焼《や》きもの師《し》たちも無関心をよそおってはいられなくなり、遠巻《とおま》きにしてキム氏とカンの話すようすを見守った。

カンは、この技法《ぎほう》は象嵌《ぞうがん》というもので、木製品《もくせいひん》に真鍮《しんちゅう》をうめこんだり、漆器《しっき》にアコヤガイをうめこんだりするのとおなじ手法である、と説明していた。

キム氏はうなずいて聞き、見物人の中にもうなずく者がいた。象嵌はさまざまな工芸品に使われるが、焼きものに使った例を、そこにいる人たちはそれまで見たことがなかった。

カンの説明はそれだけで、キム氏もそれ以上は質問《しつもん》せず、ただ時間をかけてたんねんに見た。菊《きく》の花ばかりでなく、器《うつわ》の仕上がりぐあいも、あらゆる角度からしらべられているのを見て、モギの胸《むね》にちょっぴり希望がわいてきた。やがてキム氏は手にもって見ていた器を下におくと、表情を変えずにつぎの場所へとうつった。

モギは、おいらの親方の番はまだか、とじりじりしていたが、いざそのときがきてみるとあわてた。

キム氏は、すぐさま瓜形瓶《うりがたへい》を取りあげ、興味《きょうみ》ぶかそうにながめた。ここで初めて、氏の表情が動いた。気に入ったんだろうか……？

キム氏は、随員《ずいいん》たちにまじって検分の供《とも》をしていた、前夜の宿主イーのほうをふりむいた。

「ゆうべの徳利《とくり》は、このかたの作品でしたか？」

イーがうなずき、キム氏がさらに言った。

「瓜の形はよく見かけますね」

モギはかたずをのんだ。つまり、気に入らないってことだろうか……？

「しかし、これと、ゆうべの徳利がおなじ人の手になったものであるのは、ひと目でわかります」

キム氏の顔に、はっきりと満足の色があらわれた。

ミンが静かに頭を下げた。モギは親方の落ち着きぶりに感心した。おいらなんか、さけびだしたい気分なのに！　キム氏はゆっくりとミンの作品をながめたのち、つぎの場所へとうつっていった。

ミンの器《うつわ》が気に入られたのは、たしかだ。だが、その日のうちにご指名があるわけではないのは、モギも知っていた。キム氏は二、三日チュルポに滞在《たいざい》し、興味《きょうみ》をひかれた器の作り手の作業場をたずねたり、窯《かま》を見たりするだろう。それがおわると、船でカンジンへいくだろう。御用焼《ごようや》きもの師《し》がきまるのはそれからだ。来月、もどりの船がもう一度チュルポに立ちよるまでは、だれがえらばれるか、わからない。

キム氏の一行が去ってからのチュルポは、ふたつの集団《しゅうだん》に分裂《ぶんれつ》したかのようだった。キム氏に注目された者——ミンとカンをふくめて——は血相変えて作業にもどった。最終決定のまえに再度《さいど》の検分《けんぶん》があるなら、こんどこそ自分が決定打を……! あとの者は気の毒なほど力を落とし、仕事にもどるどころか、酒屋によりあい、長々《ながなが》とぐちをこぼしあった。

それも、むりはなかったろう。御用焼きもの師の指名は、そうたびたびはなかったのだから。ひとたびえらばれた者は、技量《ぎりょう》の続くかぎり——たいがいは終生——王室の仕事ができる。

しかし、そのような御用焼きもの師のひとりが世を去るか、技量をなくして失墜《しっつい》するかしないかぎり、つぎの指名はなされない。王室のほうでも、欠員が二名、三名になるまで補充《ほじゅう》を見合わせる。

そんなわけだから、つぎにチャンスがめぐってくるのが何年先か、だれにもわからないのだ。

7

ふだんから短気なミンが、使者の一行が去ってからは、ますます気が短くなった。モギに用を言いつけるのにも大声を出し、いっときだまりこんでも、すぐまたかんしゃく玉を破裂《はれつ》させた。

モギは、ひたすら仕事にはげんだ。あのことをいつきかれるだろうと、ぴりぴりしながら。ミンは、キム氏の興味《きょうみ》をひいた瓜形瓶《うりがたへい》を作るつもりらしかったが、モギには、作るというよりつぶしているとしか思えなかった。悪態《あくたい》をついたと思うと、ろくろに粘土《ねんど》をたたきつける——その音が、もう朝から晩《ばん》まで！　三日目、モギの待っていた問いが、ついにミンの口から出た。

「なにを見た？　え？　言ってみろ！」

あの日、カンの作品を見にいかなかったのはミンだけだ。関心がなかったのか、そのふりをしていただけなのか、いずれにしても自分の場所をはなれなかった。だが、カンの作品が人々《ひとびと》の興味を集めたことに気づかなかったはずはない。

「象嵌《ぞうがん》です」

待ってましたとばかりに、モギは答えた。いつかの晩のトゥルミじいさんの言葉が、耳の奥《おく》で聞こえた。〈いったん公表されたなら、その思いつきはみんなのものになる……〉

「泥漿《でいしょう》は白と赤。仕上がりは白と黒です。菊《きく》の花でした」

ミンは無言。モギはつけ足した。

「さっぱりうまくなかったです」

「わーっはっは！」

思いがけないことに、ミンはのけぞるようにして笑った。そんな大笑いをしたのは、きっと生まれて初めてだろう！

「あーはっは！」

ミンは咳《せき》こみ、咳払《せきばら》いをして、モギを見た。その目には、愛情《あいじょう》とも呼《よ》べそうなものが光っていた。

「うまくなかっただと？　あたりまえだ！　あの男になにができる！」

突然《とつぜん》、ミンは、バシッと手を打ちならした。

「早くいけ！　白と赤の粘土《ねんど》だ。よく漉《こ》してな……釉薬《ゆうやく》なみにだぞ」

モギは、ミンが言いおわらないうちにはじかれたようにかけだし、手押《てお》し車《ぐるま》を押して道へ出た。

白と赤の粘土を掘《ほ》るなら、土手のあそことあそこ――とっくに物色してあった場所に直行すると、モギはすぐさま掘りはじめた。手押し車を横にとめ、掘っては積み、掘っては積んだ。作業のリズムが、おどりあがるような心をしずめた。重いシャベルも、このときばかりは軽かった。

それからのミンは、模様《もよう》の考案に没頭《ぼっとう》した。おかみさんも、板切れに基本《きほん》の瓜形《うりがた》を描《えが》いて助けた。それにミンが模様を描く。すぐに突《つ》き返す。おかみさんがそれを消し、新たな瓜形を描く。数日のあいだ、朝から晩《ばん》まで、それがくり返された。

モギは粘土を漉した。二度、三度、四度。五度目に、ふしぎなことが起きた。

漉した白い泥《どろ》を、いつものように、ごく少量、親指と人さし指でつまみ、すりつぶしてみた、そのとき。指先になにかを感じた。同時に、なぜか、このまえ山で鹿《しか》を見たときのことを思い出した。

山に薪《まき》をきりにいったある日のこと。休憩中《きゅうけいちゅう》に、モギは遠くの木立をぼやーっとながめていた。と、突然、鹿が見えた。鹿はしばらくまえからそこにいたにちがいない。むろん、モギにも見えていたはずだが、そのとき急に目の焦点《しょうてん》が合ったのだ。

今、それとおなじようなことが起こった。目ではなく、指先に。つまんだ泥はこのうえなくなめらかに感じられた。だが、まだ早い。

モギはじっと動かず、指先に神経《しんけい》を集中した。まだと感じるのは、なぜ？ それを言葉にすることはとてもできない。ざらざらした感じはとっくにないが、あと一回、漉すべきだ。いや、二回か。あの鹿が突然見えたように、今、それがモギにはわかった。

もう一度泥を漉しながら、モギは、雲の中から歩みでた心地《ここち》がした。だが、そのふしぎな感覚がどこからきたか、それを語る言葉は永久《えいきゅう》に雲にかくれたままだろう。

ついに模様《もよう》がきまり、ミンは彫《ほ》りはじめた。この作業は、細心の技《わざ》と集中力を要する。彫っているときのミンは、人に見られるのをきらった。それを心得ているモギは、あからさまに見たりはしない。ほうきで庭をはいたり、粘土《ねんど》をもって漉《こ》し場《ば》と作業場を往復《おうふく》したりするついでに、ミンの手もとをすばやく盗《ぬす》み見た。弟子《でし》入りしてから、一年。ミンの作業の工程《こうてい》を熟知《じゅくち》するようになった今、モギがいちばんひきつけられるのは、生地《きじ》に模様の浮《う》かびあがるこの段階《だんかい》だ。かつて、ろくろの上で作品の形ができていくのを見たときよりも、心はさらにおどった。

ミンが模様を彫るのに使う道具は、先端《せんたん》の鋭《するど》さがさまざまだ。まず、もっとも細いものでごくあっさりとりんかくを描《えが》く。それから、部分、部分をゆっくりと彫る。ほかの焼《や》きもの師《し》たちは最初に彫った線を忠実《ちゅうじつ》になぞるが、ミンは、ときには興《きょう》のおもむくままに変えてゆく。仕上がった模様が流れるように自然なのは、おそらくそのせいにちがいない。

かけた釉薬《ゆうやく》は彫られたところにうっすらとたまる。その部分はほかよりもいくらか色が濃《こ》い。とりわけ繊細《せんさい》な模様は、焼かれると、光のあたりぐあいによってはほとんど見えなくなる。ミンの技のすばらしさは、作品を見る者の目を模様にのみひきつけることなく、器《うつわ》の典雅《てんが》な姿《すがた》に、そしてなによりも青磁《せいじ》の奥《おく》ぶかい色あいへとさそうところにあった。

今、ミンが瓜《うり》の縦《たて》の線の間に彫っているのは、蓮《はす》の花と牡丹《ぼたん》の花。モギは、毎日帰りぎわにさりげなく棚《たな》の上を見て、作業がどこまで進んでいるかをたしかめた。花びらと葉がいつもより深く彫られているのは、あとで象嵌《ぞうがん》をするためだ。早くもモギの目には、カンの菊《きく》の花よりはるかに精緻《せいち》な象嵌が見えた。花びらの数だって多いし、形もずっと美しい。茎《くき》や葉がのびて、からまってるとこなんか、まるで生きてるみたいだぞ！　おいらの親方は、すごい！　口に出しては言わなかったが、モギの心ははちきれそうだった。焼きあがったところが早く見たい！　王室のお使者は、伝統《でんとう》をとうとびつつ新しい技を取りいれたミンの器《うつわ》のすばらしさを、きっと認《みと》める！　それは、すでにきまったことと思われた。

何日かすぎて、モギが漉し場で赤と白の粘土を漉していると、ミンがきた。漉す分量がわずかなので、モギは、地面に掘《ほ》った穴《あな》ではなく、鉢《はち》を使っていた。ミンは目を閉《と》じ、ひとつの鉢《はち》の泥《どろ》に指をふれた。

ふれたと思うと、目をあけた。

「ふん。もうよい」

それだけ言うと、ミンは両方の鉢をもって家のほうへもどっていった。

モギは、しかつめらしい顔で親方の背中《せなか》を見送ったが、口のあたりが思わずゆるんだ。

「あと一回やれ」と言われなかったのは、それが初めてだったのだ。

ミンの作った瓜形瓶《うりがたへい》は、ぜんぶで五個《こ》。模様《もよう》を刻《きざ》み、部分、部分にほんのわずかな泥漿《でいしょう》をおいていく作業は、気の遠くなるほど時間がかかった。モギは、日が暮《く》れてからもミンの家にとどまり、できるかぎりの手助けをした。象嵌《ぞうがん》がすむと、ミンはよぶんな泥漿をていねいに取りのぞいた。そして、五個の作品はいよいよ釉薬《ゆうやく》につけられた。釉薬の濾過《ろか》に、モギがこれほど神経《しんけい》を使ったことはない。むろん、最後の濾過と調合は、ミン自身がした。

ミンは仕事の鬼《おに》と化していた。食べ物をほとんど口にせず、ろくに眠《ねむ》らず、昼も、日が暮《く》れて明かりをともしてからも、作業を続ける彼《かれ》の目はぎらぎらと光った。仕事場になっている軒下《のきした》の空気さえ、「間にあうか？　いそげ！」とささやくように感じられた。もうじき、お使者の船がもどってくる！

ついに、窯入《かまい》れの日がきた。ミンは、長い窯のまんなかあたりが焼成《しょうせい》にもっともよいと判断《はんだん》し、焼かれてかたくなった土の棚《たな》に貝殻《かいがら》を三個ずつならべると、その上に作品をひとつずつ、注意ぶかくのせた。つぎに、薪《まき》をたがいちがいに組んでかさね、薪の下の木っぱと松葉に火打ち石で火をつけた。火がしっかり燃《も》えはじめると、窯の戸がしめられた。

窯の内部の温度調節はきわめてむずかしい。温度が急に上がると器《うつわ》が割《わ》れてしまうので、まる一日かけてゆっくりと暖《あたた》める。二日目に、壁《かべ》の焚《た》き口《ぐち》からときどき薪を追加する。三日目か四日目、ちょうどよい温度に達したところで、焚き口を粘土《ねんど》でふさいでしまう。中の温度は、このときもっとも高い。火はしばらく燃えつづけるが、内部の酸素《さんそ》がへるにつれ火力はおとろえ、最後には消える。それから、二、三日かけて、窯の温度を下げてゆく。

ミンは、いつもなら、おなじ器をたくさん作るだけでなく、少なくとも二度にわけて焼くことにしているが、今回は一回の時間しかなかった。

また、いつもは焚き口をふさいだあとは家に帰るのに、このときは、窯の近くにモギがしいたわらの上にすわったきり、動かなかった。頰《ほお》はこけ、目の下には黒いくま。そして、どなり声がぴたりとやんだ。

耳になじんだ音や声が聞こえないのは、不安なものだ。モギは、これならどなられてるほうがずっとましという気がした。モギが家から運んでくる食べ物にも、ミンはほとんど口をつけなかった。

モギは、家と窯《かま》を往復《おうふく》してこまごまとした用を足し、日が暮《く》れると、しのび足で橋の下に帰った。わずかでも音をたてると親方の気が散る、そうしたら焼成《しょうせい》が失敗する——そんな気がした。

モギが橋の下にもどると、トゥルミじいさんはかならず起きていた。足音で目をさますのか、それとも、寝《ね》ないで待っているのか、「おう、お帰り」というその声がねぼけていることはけっしてなかった。

こうしてモギの帰りがおそくなったため、ふたりで散歩などをする楽しみがなくなってしまった。そのかわりに、じいさんは、モギに古い民話を語りきかせるようになった。

もっと幼《おさな》かったころ、モギはおろかなロバや、強い虎《とら》の話などをおもしろがって聞いた。忘《わす》れかけていたそんな話をまた聞くのも悪くはなかったし、こんどは英雄譚《えいゆうたん》もくわわった。

それがなによりの精神安定剤《せいしんあんていざい》になったらしい。モギは、じいさんの声を聞いているうちに気分がほぐれ、すやすやと眠《ねむ》りに落ちていった。

いよいよ窯をあけるときがきた。ミンの言いつけで、モギは、昼から家の裏庭《うらにわ》をきちんとかたづけ、夕方、窯場にいった。焼きあがった作品は、日が落ちてから取りだすことになっていた。

淡《あわ》い半月が中天にかかるころ、モギは窯の出入り口の灰《はい》をきれいにさらい、明かりを中に入れた。ミンががんじょうな木ばさみで、まだ熱い作品をひとつずつ取りだし、モギがわらをしいておいた手押《てお》し車《ぐるま》にしんちょうにのせた。モギは、作品の仕上がりぐあいが気になったが、たよりない月明かりのもとでは、よく見えなかった。最後に、モギが窯から明かりを出した。

小さな明かりは炎《ほのお》がちらつき、象嵌《ぞうがん》部分だけは浮《う》きあがって見えたものの、やはり、全体をしっかり見るには足りなかった。ミンはためいきをついて、首をふった。明日まで待とう……。

作品と作品の間にわらをしっかりつめると、ミンが明かりをもち、モギが手押し車を押して、家にむかった。夜のしじまに川辺の蛙《かえる》たちの合唱があふれ、なんの鳥か、ひと声、闇《やみ》のどこかで悲しげに鳴いた。

「ずいぶんとおそかったのう」

土手をすべり下りたモギにこう呼《よ》びかけると、トゥルミじいさんは、明かりに火をともした。

「窯《かま》をあけたんだよ。晩《ばん》ごはんを待たせて、ごめん」

じいさんは、杖《つえ》をにぎった手をふった。

「なんの。このごろはいただきすぎじゃ。のらくらなまけとるで、太っていかん」

モギは、死ぬほど疲《つか》れていたにもかかわらず、気がたかぶっているせいか、食べおわってからも眠《ねむ》くなかった。じいさんがゆっくり食べるのを見ていると、明かりがゆれて、橋の裏《うら》や左右の土手に小さな影《かげ》が動いた。そして、それまでなんの気なしに見ていたものが、突然《とつぜん》、はっきり見えた。あの鹿《しか》のときも、粘土《ねんど》のときもそうだったが、意識《いしき》の焦点《しょうてん》がふっとそこに合ったのだ。

岩にわたした棚《たな》に、いくつかの鍋《なべ》と鉢《はち》。その横に箸《はし》、さじ、じいさんの小刀がきちんとならんでいる。モギの夜具がくるりと巻《ま》いてかたづけてある。じいさんのあんだかごがふたつ。ひとつにはキノコが、もうひとつには、いつかは使えそうな端切《はぎ》れ、撚《よ》り糸《いと》、火打ち石が入っている。みんな見なれたものばかりだ。モギよりまえからここで暮《く》らしているトゥルミじいさんなら、見なれたをとっくに通りこして、もう見えていないかもしれない。

モギは、頭に浮《う》かんだ疑問《ぎもん》を、そのまま口に出した。

「じいやん、ひとりぼっちになったとき、どうしてお寺にいかなかったの？」

住む家をなくした者は、まずは寺に助けを求めるのがふつうだ。寺にいけば、寝《ね》る場所と食べ物、そして仕事もいただける。こうして助けられた者の大半は、やがては僧《そう》になる。じいやんみたいな不運に見まわれたら、お寺にいくはずなのに？　モギは、なぜ今までそれをきいてみなかったのか、ふしぎな気がした。

じいさんは、一瞬《いっしゅん》、しぶい顔をしたが、すぐにてれくさそうににやりとした。

「聞いたらあきれるような話じゃよ」

モギはだまって待った。

「やーれやれ！」

とうとう、じいさんは話しはじめた。

「笑いぐさにもならんようなばかをやっての。そのわけは、狐《きつね》じゃ」

「狐！」

狐は、熊《くま》や虎《とら》ほど大きくも、どうもうでもないが、たいそうずるがしこいとされていた。人を化かす、と信じる者もいたくらいだ。人間を見ると、うまくたぶらかして巣穴《すあな》へさそい、子狐のえさにする、というのである。モギは「狐」と口に出しただけで、背中《せなか》がぞくっとした。

「家が人手にわたってしもうたとき、わしは身のまわりのものを背負《せお》うて寺にむかった。天気のよい日でな。しかし、登るのにひまがかかった。日が暮《く》れてきたが、寺はまだまだ遠かった。

そこへ狐が出よった。ふっと見たら、目の前におったのじゃ。わしを見て、白い歯をむいて、にたーっと笑いよった。口のまわりを舌《した》でぺろぺろ、目玉はぎらぎら。ほうきのような尾《お》っぽが、ばっさり、ばっさり、ばっさり……」

「や、やめて！」

モギは目玉が飛びだしそうな気がした。

「そ、それで？」

じいさんは、碗《わん》の底に残った飯を箸《はし》ではさんで、ぽいと口に入れた。

「それだけじゃ。狐というものは、たいした悪さをせんものよ。その証拠《しょうこ》に、わしはいまだに生きておる。あんな近くにおりながら、足の悪いこのわしを、取って食いもせなんだ。

しかし、そのときは逃《に》げだした。うしろをふりむき、ふりむき、きた道をもどったわい。ところが、狐は追うてくるどころか、すぐにいなくなった。

その晩《ばん》はこの橋の下でちぢこまっておった。まんじりともせんでの。そのあとは、すぐにまた山の寺へいくなんぞ、とてもとても。そうこうするうちに……」

じいさんは、もっていた箸で橋の下をぐるりとさした。

「ここがたいそう気に入った。そうして何年もすぎた。そこへおまえがきた」

じいさんの目尻《めじり》に笑いじわがたくさんよった。

「わしが坊《ぼう》さんにならなんだのは、狐《きつね》とおまえのせいじゃ」

モギは夜具をのべて横になった。が、すぐにがばっと起きあがると、闇《やみ》をすかしてみた。橋の向こうでなにか光ってる！　狐の目玉？　それとも、川に星明かりが映《うつ》ってるだけ？

じいさんは、例によって闇の中でもモギの動作がわかったらしい。ミン親方そこのけの命令口調でこう言った。

「もう、寝《ね》ろ！　おまえまでアホウになるのは困《こま》る！」

モギは、頭をふってにやっと笑い、ようやく寝る気になった。


翌朝《よくあさ》。モギがミンの家にいってみると、なんと、おかみさんが道に出て待っていた。そばには手押《てお》し車《ぐるま》とシャベル。どうしたんだろう？　おかみさんは、いつもと変わらず、おだやかにモギにほほえみかけたが、その目を見たモギは、「なにかあった！」と思った。

「また、粘土《ねんど》をたのみますよ。ふつうのと、色のあるのをね」

モギが、わかりました、というしるしにおじぎをすると、おかみさんは家のほうへもどっていった。モギは手押し車を押してかけるように歩きだした。だが、ふりむいて、おかみさんが家に入ったのをたしかめると、手押し車を道端《みちばた》にとめ、しのび足で裏庭《うらにわ》にまわって、物陰《ものかげ》からのぞいてみた。

あっ！　モギはあおくなった。庭のあそこにも、ここにも、割《わ》れてくだけた瓜形瓶《うりがたへい》が！

親方がやったんだ！　できたばかりのを、割ったんだ！　だから、おかみさんがあんなに悲しそうにしてたんだ。

モギはかぞえてみた。五個《こ》！　くだけたひとつは、すぐ近くにあった。モギはすばやくあたりを見まわし、こっそり近よると、大きめのかけらをいくつか拾った。そして、巾着《きんちゃく》に押しこむや、道にかけもどった。

土手までくると、拾ってきたかけらを巾着から出して、よく見た。かけらではあっても、象嵌《ぞうがん》はかんぺきだ。花の形もこのうえなく美しい。釉薬《ゆうやく》は……？　モギは眉間《みけん》にしわをよせ、目を細くしてじっと見た。

どのかけらも、うっすらとした茶色。茶色の点々《てんてん》が浮《う》きでたのもある。拾ってきたのはおなじ瓶のかけらだが、割れたのが五個あったからには、どれもがこんな色になってしまったのだろう。釉薬はミンが自分で調合した。だから、不都合は焼成《しょうせい》で生じたにちがいない。焼成《しょうせい》ばかりは、ミンといえども思いどおりにはならないのだ。

モギは、手にもったかけらをぐっとにぎりしめると、川にむかって放りなげた。大声でさけびながら。かけらのひとつで、てのひらが切れたことにも気づかずに。

ぐずぐずしてはいられない。今この瞬間《しゅんかん》にも、港に船がきているかもしれなかった。

8

ミンは、割《わ》ったのとおなじものを、また作りはじめた。だが、ろくろを回しているうちに、船がきてしまった。「新作をおもちのかたは、見せていただきたい」というキム氏からの伝言をもってまわってきた随員《ずいいん》を、ミンは、あっさり手をふっただけで、追い返した。

翌朝《よくあさ》、大ニュースが突風《とっぷう》のように海辺の村を吹《ふ》きぬけた。キム氏がカンの家を訪《おとず》れ、カンを御用焼《ごようや》きもの師《し》に指名されたそうだ、と。

昼近く、モギは、裏庭《うらにわ》に捨《す》てられたままになっていたかけらをはきあつめた。予想どおり、割《わ》られた五個《こ》の瓶《へい》は、いずれも薄《うす》茶色をおびていた。今さらながら、モギは体じゅうの力がぬけてしまったような気がした。おいらでもこうなんだから、親方はどんなに落胆《らくたん》していることか！

庭のそうじがすんでもミンが家から出てこないので、モギは畑で草むしりをすることにきめた。おかみさんの大事なキュウリ畑は、ちょっと目をはなすとすぐ雑草《ざっそう》だらけになってしまう。

と、玄関《げんかん》のほうで人声がした。それは、モギにも聞きおぼえのある、村役人イーの声だった。

「ミンさん、いますか？　お使者をおつれしたんだよ。お話があるそうだ」

モギはつかんでいた雑草を投げすてると、こっそり窓《まど》に近よった。中は見えないが、音は聞こえる。ミンが、イー、キム氏、随員《ずいいん》たちを迎《むか》えいれ、一同が座卓《ざたく》をかこんですわる気配がした。急須《きゅうす》や湯のみを動かすかすかな音で、おかみさんがお茶をいれているのもわかった。

ややあって、キム氏の声。

「お仲間の象嵌《ぞうがん》ですが、あの新しい技法《ぎほう》は宮中でも関心の的となりましょう」

しばらく間があった。モギは、親方がうなずいているところを想像《そうぞう》した。

「カンどののお仕事は、象嵌はさておき、そっちょくに申しあげるとわたくしの好みではないのです。そんなわけで、条件《じょうけん》つきのご依頼《いらい》をいたしました。今後一年、あのかたにいろいろお作りいただいて、王室のご満足がいただけるかどうか、拝見《はいけん》したく思っております」

キム氏は、ここでちょっとためらった。

「わたくしとしては、あなたにこそ、この大事なご用をお願いいたしたい。しかし、立場上、お仲間の新技法を無視《むし》することもなりません。やはり、宮中にもお伝えしませんと。今からわたくしはソンドにもどります。そのあとで、もしも象嵌技法を用いたものを作られたならば、ソンドのわたくしのもとへまっすぐにおもちください。かならず、拝見いたしますよ」

モギは、わあっとさけびだしたくなった。かけらがあるよ！　あのかけらを見ていただいたらいいんだ！　お使者は専門家《せんもんか》だから、焼成《しょうせい》に失敗しただけだってことが、わかってもらえるよ！

ミンの声がした。

「ありがたいお言葉をいただき、いたみいります。そのとおりにいたしたいのはやまやまなれども、この老人にソンドまでの長旅はかないますまい。お心づかい、まことに身にしみました。けれども、なにとぞひらにおゆるしくださりますように」

重々《おもおも》しい衣《きぬ》ずれの音。キム氏が席を立ったらしい。部屋《へや》の出口で、キム氏がふたたびこう言った。

「ミンどの、ぜひともなんらかの手だてをお考えください。これがお作の見おさめになるとすれば、あまりにも悲しいことですから」

キム氏の一行は去っていった。

モギは壁《かべ》ぎわにしゃがみこんで、両腕《りょううで》に頭をうずめた。親方のばか！　窯焼《かまや》きの失敗を見られたくないばっかりに！　これじゃあ、大事なご用がまわってくるわけないよ！

ばか、ばか……！

そのとき、裏口《うらぐち》からおかみさんが、洗濯物《せんたくもの》のかごをかかえて出てきた。モギは、はじかれたように立ちあがり、干《ほ》すのを手伝いはじめた。おかみさんは、「ありがとう」というようにうなずいた。平静なその表情《ひょうじょう》を見るかぎり、嵐《あらし》のようにすぎた日々《ひび》がまるでなかったかのよう。おかみさんとモギは、物干《ものほ》し綱《づな》をはさんで立ち、モギがわたしたものを、おかみさんが一枚《まい》ずつ綱にかけた。わたす。受けとる。かける。引っぱる。おかみさんが落ち着いているのと、作業の単調なリズムが、モギの神経《しんけい》をしずめた。

モギの胸《むね》に、いつもの思いがこみあげた。おかみさんは、ほんとに親切だ。お返しができたらなあ！　おかみさんの望みはなんだろう？　自分のことなんか、どうでもいいみたいだ。ひょっとすると、親方の望みがおかみさんの望みなのかも……。

そうだ！　モギには、急にわかった。青く晴れわたった空から答えが降《ふ》ってきたかのように。

親方のために、うんといいことをする。それが、おかみさんへの恩返《おんがえ》しだ。おかみさんの最大の望みは、親方の成功にきまっている。そこまで考えると、モギは夢中《むちゅう》で言いはじめた。

「奥様《おくさま》、お願いがあります」

「おや、なんでしょう？」

「今さっき、お使者がなんと言われたか、おいら、知ってます」

まずは盗《ぬす》み聞《ぎ》きをしたことを白状《はくじょう》して、横目で見ると、おかみさんの目がおかしそうに笑っていた。よかった！　しかられないんだ！

「親方がりっぱなものを作られたら、ソンドまでおいらがとどけたいです。それができたらうれしいです」

おかみさんの顔は敷布《しきふ》の陰《かげ》になっていた。敷布をしっかり綱《つな》にとめてから、おかみさんは答えた。

「親方にきいてみましょう。でもね、それには条件《じょうけん》があるの。ひとつ、いえ、ふたつよ。ひとつは、できるだけ早く、ぶじに、ここにもどってくること」

モギはわかりましたというようにおじぎをしたが、ふしぎな気がした。おいらがぶじに帰ることが、どうして大事なんだろう？

「もうひとつは……」おかみさんは、ちょっとだまった。「もうひとつは、今日からわたしをアジュマと呼《よ》んでくれること」

モギの目にじわーっと涙《なみだ》がわきあがった。それで、うつむいたまま、かごから洗濯物《せんたくもの》を取りだした。アジュマ――この言葉は、親戚《しんせき》の年上の婦人《ふじん》を、親しみをこめて呼ぶのに使われる。モギはみなしごだ。おかみさんの親戚でもなんでもない。それなのにおかみさんは……。モギは、今まで使ったことのないその言葉を、自分が口に出せるかどうかも、わからなかった。

「どうなの?」おかみさんは、ちょっぴりからかうようにモギを見た。「この条件で、どう?」

モギはこくんとうなずいた。そして、風に吹《ふ》かれてひらひらする洗濯物の陰にかくれて、「いいです」と言い、それからようやく聞こえるくらいの声でもう一度、「いいです……アジュマ」と言った。

数日たった。モギは、トゥルミじいさんが木の枝《えだ》をけずって箸《はし》を作るのを、しゃがんで見ていた。じいさんが、顔を上げずにモギに声をかけた。

「おまえの考えとることに、ひもがついておらんのが困《こま》る。ついておれば、ぐいとひいて、とっくり正体を見てやるのにの」

モギは、ほっぺたの内側をかんだ。やっぱり、じいやんにはかくしておけないよ！

「おいらさ、旅に出るんだ、もうじき」

しっかり言ったつもりなのに、声が変にうわずっていた。

「旅に出る？」じいさんは箸《はし》をけずる手を休めない。「広い世界を見るのはよいことじゃ。で、どこへ？」

その二日まえのこと。ミンは、いくつかの道具をモギにわたし、きれいにするようにと命じるついでに、こう言った。「今作っているものは、夏の盛《さか》りにはできあがる。それをもって、出発しろ。雪が降《ふ》るまえにはもどれるだろう」

つまり、モギはソンドにいくことになったのだ。

ところが、いくときまったとたんに、モギは不安になった。それからずっと、あんなことを言うんじゃなかった、となやみっぱなし。幼《おさな》いときにチュルポにつれてこられてから、どこへもいったことがない。ひとりで旅ができるなんて、どうして思いついたものか？　ソンドは遠い。知らない山をいくつも越《こ》えていくのだ。ちゃんとした道どころか、踏《ふ》みわけ道《みち》さえないかもしれない。迷子《まいご》になったらどうしよう？　山賊《さんぞく》が出たら？　熊《くま》や、虎《とら》におそわれたら？　崖崩《がけくず》れがあったら？

おいら、なにを考えてたんだろう！　けど、今さら親方に「気が変わりました」なんて言えるか？

言えない。いくのはこわいが、「それならやめろ」と言われたら、それこそみじめだ。

「親方の作品だけどね、宮中で待っていなさるんだよ」

トゥルミじいさんは小刀を地面におき、背中《せなか》をぐっとのばすと、腕組《うでぐ》みをした。

「宮中で待っていなさるだと？　はっきり言うてみい。『おいらはソンドの都へいくんだ』とな」

モギは、ごくりとつばを飲みこんだ。立ちあがって水ぎわまでいき、平たい小石を拾うと、水面すれすれに投げた。小石は、水面に軽く四回ふれて飛んだ。小鳥みたいだ。石が飛ぶなんて、ふしぎだよ！

じいさんがそばにきて、小石を拾って、投げた。六回！　モギはにやっとして、肩《かた》をすくめた。水切りで、モギがじいさんに勝ったことは、まだない。ふたりは小石の作ったさざなみが消えるのを見守った。

「おいら、ソンドへいくんだよ」

モギは、ようやく言ってみた。どう聞こえるかためすように。それから、心細い顔でじいさんを見た。

「とっても遠い感じがするね」

「そんなことはない。となり村まで歩くのとなんも変わらん。おまえの若《わか》い足なら、一日の距離《きょり》じゃ」

モギはけげんな顔をしたが、じいさんはすぐに続けた。

「おまえの頭は、行き先がソンドだと知っておる。じゃが、それを足に教えることはない。ひとつの山、ひとつの谷を越《こ》える。足はそれだけ知っておればよい。一度に、一日。それだけじゃ。そう考えりゃ、歩きもせんうちから気疲《きづか》れでまいってしまうことはない。ちょっととなりの村まで——そういう気持ちで出かければよいのじゃよ。わかったかの？」

じいさんの杖《つえ》の先が、水をちょい、ちょいとかきまわした。モギは、だまって見ていた。じいさんは、その杖をひきあげて、まっすぐモギにむけた。杖の先から水がしたたった。

「早いって、集めてこんか！　わらじゃよ、わら！　旅に出るなら、かえのわらぐつがいる。だれが作るかというたら、このわしじゃろうが！」

ミンは、こんどの作品にも時間をかけた。そのうちのひとつかふたつが、えらばれて、ソンドにとどけられるはずだった。

一方、モギは、めっきりひまになった。キム氏の船がカンジンからもどってくるまでがむしゃらに働いたため、するべきことをぜんぶすませてしまったのだ。薪小屋《まきごや》には、どっさり薪を積みあげた。粘土《ねんど》も、泥漿《でいしょう》も、ミンに使われるのを待っている。あまりひまだと、人間、いろいろ考えるものだ。

モギは、考えに考えた。そして、ある夕方、勇気をかきあつめ、親方に言う決心をした。

「なんだ？」

帰る時間がきてもモギがまだうろうろしているのに、ミンも気がついていた。

「親方、おいらがここで働かせてもらうようになってから、一年以上、すぎました」

「一年か。ふむ、それで？」

モギは、足がかくがくしそうで、腹《はら》にぐっと力を入れた。

「それで、思ったのですが、もしも親方が……もしもおいらの仕事に……」

「きくことがあるなら、さっさときけ！　いそがしいんだ！」

「ろくろの回し方をいつか教えてもらえたらうれしいです」

モギは、ひと息に言ってのけた。

ミンはだまっていた。身動きもしなかった。あまりにも長いあいだじっとしているので、モギは、言葉が足りなかったのでは、と思いはじめた。と、ミンが立ちあがった。モギも顔を上げた。

「よいか、おぼえておけ。もしもおまえが、いつかろくろの回し方を習う日がくるとすれば、教えるのは、わたしではない」

モギは、思わず問い返した。

「なぜですか？　どうして教えてもらえないのですか？」

ミンは、ろくろの上の、半分まで形のできた器《うつわ》をつかみあげ、力まかせにろくろにたたきつけた。その勢《いきお》いのすさまじさに、モギは体をちぢめた。

「なぜかだと？　そのわけを教えよう」

ミンの声は低かったが、波立つ心をおさえかねて、ふるえていた。

「この仕事はな、息子《むすこ》につがせるものだ。昔、わたしには息子がいた、ヒョングという名の。だが、死んでしまった。教えるとすれば、あれに教えたろう。おまえは……」

モギはミンの目を見た。その目は、深い悲しみと怒《いか》りをたたえていた。つぎの言葉をミンはのどからしぼり出した。「おまえは、わたしの息子ではない」

9

橋の下へと帰る道々《みちみち》、モギは息ができないような気がした。ミンの言葉が、耳の奥《おく》でこだまのようにひびいた。息子《むすこ》につがせる――わたしの息子ではない。そういえば、弟子《でし》というと、たしかに親方の息子ばかりだ。

おいらのせいじゃない！　そうさけびたかった。親方の家にかけもどってわめいてやりたかった。息子さんが亡《な》くなったのも、おいらが親方の息子でないのも、おいらのせいじゃない！　どうして息子でないとだめなんですか？　だれの息子が作っても、いいものはいいんじゃないんですか？

モギの耳に、トゥルミじいさんの呼《よ》ぶ声が、橋の下から聞こえてきた。

「おーい、あめたぞう！　二足じゃあ！」

モギは、うれしそうな顔をしてわらぐつをはいてみた。だが、そんな演技《えんぎ》はじいさんにはむだというもの。ひと目でなにかあったと察したじいさんは、だまって待った。

新しいわらぐつをきちんとそろえ、安全な場所につるしてから、モギはこうたずねた。

「チュルポじゃ、焼きものの仕事は息子がつぐんだってね。よその村でも、そう？」

「ふうむ。それについちゃ、こういう話があるわい」

じいさんは、大きな石のそばまで、ひょこり、ひょこりと歩いていき、腰《こし》をおろした。

そばにモギがうずくまった。

「昔、焼きものは上等の職業《しょくぎょう》とは思われておらなんだ。ただの日用品を作る仕事じゃったからの。それじゃで、焼《や》きもの師《し》はみんな、息子にはやらせたくない、と思うた。

年々《ねんねん》、息子らはほかで働くようになった。すると、日用品を作る人間が足らんようになった。そこで国じゅうにお布令《ふれ》が出た。焼きもの師の息子は焼きもの師になれ、とな」

モギは口をへの字に曲げて、小さく笑った。おいらがやりたくてたまらない仕事から逃《に》げだす人がいたなんて！

「今もそういう法律《ほうりつ》があるかどうか知らんが、ならわしには、法律よりも強い力があるんじゃて」

モギはうなずいた。そうだったのか。チュルポを出てよその親方をさがしても、どうにもならないんだ。

じいさんは立ちあがり、杖《つえ》にもたれてよいほうの足をのばしながら、横目でモギを見た。

「モギぼうよ。ひとつの戸をしめた風が別の戸をあける。そういうことも、よくあるぞ」

モギも立ちあがると、夕飯の碗《わん》をならべはじめた。じいさんの言うことは、ときにはすぐにはわからない。だがモギは、それはこういう意味だ、と説明してもらうより、自分で考えてみるほうが好きだった。

それからというもの、モギは仕事に気が乗らなくなった。これまでは「いつかは作らせてもらえる」という夢《ゆめ》があった。それが消えた今、「よし、やるぞ！」という気持ちも消えてしまった。ソンドへは自分が、などと早まったことを言ったのが、いよいよくやまれる。モギは苦い気持ちで考えた。いいさ、おいらはアジュマのためにいくんだ。親方のためじゃない。

そんなある日、モギは小川のそばの漉《こ》し場《ば》で、粘土《ねんど》の仕上がり具合をしらべていた。球状《きゅうじょう》にまとめた粘土のいくつかがかわきすぎていたので、覆《おお》い布《ぬの》を水でぬらし、漉《こ》し穴《あな》で寝《ね》かせてある粘土の水気が早く切れるよう、薄《うす》い木べらで表面にすじをつけた。おもしろくない気分でやっていると、どんな仕事も時間がかかるものだ。

漉し穴の粘土は、もうじき仕上がる。モギは、隅《すみ》のほうからひとつかみすくいとると、こねてみた。すると、手がかってに動きはじめ、つまんだり、のばしたり。そのうち、粘土は花びらになりかけた。あのとき、花びらだけをいくつも作ったために、手がおぼえていたらしい。

モギは、作るのをやめ、半分できた花びらを目に近づけて、しげしげと見た。

そうか！　手で作るものもあるんだ！　壺《つぼ》などのまるいものはろくろの回転を利用して作るが、香炉《こうろ》にのせる小動物、水注《すいちゅう》の把手《とって》、水滴《すいてき》などは、手でこねて作るしかない。

花びらになりかけた粘土をつぶしながら、モギはしばらくぶりににこっとした。トゥルミじいさんの言った別の戸が、今あいたのだ。

いつものことだが、ミンの仕事はこんども時間がかかり、おわってみると、朝夕の風に秋の訪《おとず》れを感じるころになっていた。今回はすべての器《うつわ》をまとめてではなく、三度に分けて焼いたが、最後の分から秀作《しゅうさく》が二個《こ》生まれた。ひすいのような青磁《せいじ》の色と、そこにうめこまれた白い花。そのコントラストは息をのむほど美しかった。

裏庭《うらにわ》で背負子《しょいこ》作りが始まった。モギが木の枝《えだ》を組み、そばでミンが、そこをゆわえろ、もっときつく、などと指示《しじ》を出し、その一方でぶつぶつこぼしつづけた。「ソンドに着くまでにこわれたら、元も子もない……」

お茶をもって出てきたアジュマが、ミンのぐちを耳にして、こう言った。

「俵《たわら》はどうでしょう？　米俵のようなものを二重にあんでは？　それに、わらと絹《きぬ》でつつんで入れたら安心ではありませんか？」

ミンは、だまって茶をすすっていたが、しばらくするとモギを見た。

「そういう俵のあめる者を、知らないか？」

そこで、トゥルミじいさんも、ミンの家にきて働くことになった。賃金《ちんぎん》の取りきめがすむと、じいさんはミン家の軒下《のきした》で俵をあみはじめた。

モギの出発の日が近づいた。二重にあんだ、ふたつきの、がんじょうな俵が完成した。大きさは、瓜形瓶《うりがたへい》二個がすっぽりおさまるくらい。

なおすところなど、もうどこにもないのに、トゥルミじいさんがまだみれんがましくあちらこちらをいじっていると、アジュマが見にきた。アジュマとモギは、じいさんのうしろで、おかしそうに目を見あわせた。

「できましたか？」

アジュマの声で、トゥルミじいさんはやっと俵から手をはなし、おじぎをした。

「お手伝いができまして、光栄でございました」

アジュマは、ふたをあけたりしめたりしてみた。ふたに、わらであんだ細い環《わ》がついており、本体にあみこんだまるいわらの玉にひっかけてとめるようになっている。

「りっぱなのができましたねえ！」

アジュマは感心したように見とれていたが、やがて、トゥルミじいさんにむきなおった。気になることでもあるのか、眉《まゆ》をちょっとよせて。

「じつは、お願いがあるんですよ」

じいさんは、一本足ですっくと立ち、胸《むね》をはった。

「奥様《おくさま》のおたのみならば、なんでもしますじゃ」

アジュマは、ありがとう、と頭を下げ、モギを手でさした。

「この子にはよく働いてもらっています。毎日、どれだけ助かっているかしれません。わたしも、なにしろこんな年ですから」

こんどはモギが頭を下げたが、心の中では目をぱちくり。なんのことだろう？

「それで、たってのお願いですが、この子がいないあいだ、手伝いにきていただけませんか？」

アジュマはここでちょっとうつむき、申しわけなさそうに手をもみあわせた。

「わたしにはお支払《しはら》いはできませんが、そのかわりに、もしもお食事を……」

よかった！　モギは、天にも昇《のぼ》る心地《ここち》がしたが、じいさんにさとられないため、平気をよそおった。このあいだから、まさにそのことが気になっていたのだ。おいらが留守《るす》のあいだ、じいやんはどうやって食べていくんだろう、と。

もとのように、ごみ捨《す》て場《ば》や森をさがすこともできようが、そんなことはいまさらさせたくなかった。まるで、じいやんをほったらかして旅に出るみたいだ。そうなやんでいるところへ、アジュマが助《たす》け舟《ぶね》を出してくれた！

じいさんが言った。

「お心づかいには、お礼を申しますじゃ」

モギはおどろいてじいさんを見た。なぜなら、それは丁重《ていちょう》なことわり文句《もんく》だったから。じいやんたら、なに考えてんだ？

「ま、たまには参上しましょうわい」

アジュマはまじめな顔でうなずいた。じいさんは杖《つえ》を拾いあげると、おじぎをした。そしてモギに「モギぼう、橋の下で待っとるでの」と言うと、ひょこり、ひょこりと去っていった。

その姿《すがた》が道の先へと消えるまで、モギはだまって見送った。それから、ふりむいて、アジュマの顔を見た。アジュマもモギを見た。

「人としての誇《ほこ》りですよ。あわれみを受けるのがおいやなのでしょう」

モギは、足もとの小石をけった。誇り高いのと、ばかなのって、紙一重《かみひとえ》だよ！　まったく、どうして？


橋の下にもどったモギは、腕組《うでぐ》みをし、食いつきそうな顔で言いはじめた。

「いいかげんにしてよ、じいやん。おいらは旅に出なくちゃならない。知らないとこへいくんだよ。どういう苦労が待ってるか、わかったもんじゃない。よぶんな心配をさせないでほしいよ！」

トゥルミじいさんは、ぽかんとした顔でモギを見た。なにしろ、モギがこんな調子でものを言うのは初めてだったから。

「心配とは、わしのことかの？　それなら、安心せい。おまえが働くようになるまで、わしは、自分の口をりっぱに養うてきた。おまえの口もな。今になって、それがやれんとでも？」

「じいやんのことなんか、言ってない！」

モギは大声でわめき、鳥にでもなったかのように腕をばたつかせた。

「奥様《おくさま》のことを心配してるんじゃないか！　わたしも年だって、そう言ってただろ？　草をむしったり、キノコを取りに山にいったり、そんなことをしたら、腰《こし》が痛《いた》くなるんだよ！　そろそろらくをしてもいい年なのにさ！　親方はなんにもしないし！　仕事のことしか、考えない人だからね！」

ここで息がきれた。モギは深呼吸《しんこきゅう》をすると、声の調子を落とした。

「じいやん、おいらが旅の途中《とちゅう》でこういう心配をしてると思ったら、いやだろ？　手伝いにいってあげてよ。そうしてくれたら、おいらを助けることになるんだよ」

モギの声が静かになったので、じいさんの目からとまどいの色が消えた。じいさんはくるっとうしろをむいて、川のほうを見た。

モギは、じいさんの背中《せなか》を見ながら、待った。じいさんの悪いほうの足が、なんだかふるえているようだ。だんだんにふるえがひどくなった。体ぜんたいがふるえはじめた。心配になって、モギは一歩近づいた。泣かせるつもりじゃなかったんだ！

モギは、じいさんの肩《かた》に手をかけた。じいさんは、まだふるえながら、腕《うで》をふった。が、泣いているのではなかった。

じいさんは笑っていた！　押《お》し殺していた笑いが、爆発《ばくはつ》した。あんまり笑ったので、杖《つえ》まで落としてしまった。モギは、杖は拾ったが、かける言葉を思いつかない。そのうち、腹《はら》が立ってきた。なにがそんなにおかしいんだ？

「モギよ！」

やっとのことで、じいさんが声を出した。息を深くすいこみ、杖を受けとりながらも「うーふっふ！」とふくみ笑い。杖にすがって、地面にすわると、モギを杖でつついた。

「なかなかの演技《えんぎ》じゃった！　うまかったぞ！」

一瞬《いっしゅん》、モギは虚《きょ》を突《つ》かれたが、すぐ反撃《はんげき》に出た。

「演技って、なんのこと？　おいらがふざけて言ったたってこと？」

「いんや、小猿《こざる》め！　ふざけて言ったとは思わんがの！」

じいさんはにやっとした。まだおもしろがっているらしい。

「それほど気になるなら、毎日いこう。どうじゃ？　これでよかろ？」

モギは、しぶしぶうなずいた。たしかに一件《いっけん》落着だ――じいさんは約束したことは守るから。がんがん言っただけのことはあった。だが、モギとしては、こんなはずじゃなかった、という気もしたのだ。

いよいよ明日は出発、という日。俵《たわら》の強度をためすことになった。ソンドにもっていかないほうの作品二個《こ》に絹《きぬ》をつめ、さらに絹でつつんで俵に入れた。すきまというすきまに、わらをぎっしりつめこんだ。ミン、アジュマ、トゥルミじいさんの見守るなか、モギが俵を地面にたたきつけ、ごろごろ、ごろごろころがした。

「いいだろう!」ミンがかけより、ふたを取って、手を突っこんだ。それから満足そうにうなずいて、モギを見た。「出していいぞ」

ミンが、ソンドに運ぶ作品を取りに家に入るや、待ちかねていたトゥルミじいさんが、俵をしらべた。俵も損傷《そんしょう》なし!

大事な瓜形瓶《うりがたへい》をおさめた俵が、背負子《しょいこ》にくくりつけられた。俵の下にはかたく巻《ま》いた夜具。その両端《りょうはし》にかえのわらぐつ二足、水入れのヒョウタンと、もちを入れる袋《ふくろ》がつるされた。

用意はできた。いよいよ明朝、出発だ。

その夕方、モギとトゥルミじいさんは橋の下で水切りをした。夕明かりが残っているうちに、モギは巾着《きんちゃく》から、あるものをゆっくりと取りだし、トゥルミじいさんにわたした。

「これ、あげるよ。毎日親方んちにいくって、約束したよね？　それ、おぼえといてほしいから」

本当は、おいらのことをおぼえといてほしいから、と言いたかったのだが……。

この一カ月ほど、モギは、ひまさえあれば巾着から粘土《ねんど》を出していじっていた。それは、いつのまにか、はっきりとした形をとりはじめた。まるで粘土自身が、こういうものになりたいと、望んだかのように。

それは、見たところ水滴《すいてき》ふうで、ちょこんとすわった猿《さる》の形をしていた。大きさは、モギの片手《かたて》にかくれるくらい。「たっぷり食べた！　うまかった！」と言いたげに、まるくふくらんだ腹《はら》を両手でかかえている。ぽちりとした目は象嵌《ぞうがん》で仕上げ、鼻と口、手、毛並《けな》

み は 線彫《せんぼ》りにした。

モギは、ミンの最後の作品を窯《かま》に入れるとき、ないしょでこの猿を隅《すみ》っこにおかせてもらい、窯出しのときにこっそり出した。うれしいことに、ミンの瓜形瓶《うりがたへい》とおなじように、モギの猿も美しい灰緑色《かいりょくしょく》に焼きあがっていた。

手でこねて作るのと、ろくろを回して作るのは、まったくちがう。この猿を作ったことで、それがモギにはよくわかった。

手で作る過程《かてい》には、ろくろの上で形ができていくのを見るときの感動はない。また、かんぺきな左右対称形はろくろなしでは作れない。モギの心の目には、いつか作ろうと夢《ゆめ》みた梅瓶《めいぴん》のイメージが、今でもときどき見える。

とはいえ、線彫りはなかなかおもしろく、モギは何時間もかけた。彫りすすむにつれ、道具をより細く、より鋭《するど》いものにかえていく――その点は、ろくろで作る器《うつわ》に模様《もよう》を彫るのとおなじだった。

窯から出した猿を見たとき、モギはうれしくて頭がぼうっとした。

ミンの水滴のように、この猿も、中は空洞《くうどう》だ。が、トゥルミじいさんがすずりを使うことはないから、水を出すための穴《あな》はない。モギの猿《さる》は、ただのおもちゃでしかなかった。

トゥルミじいさんは、小さな贈《おく》り物《もの》をしげしげと見た。目に近づけて、縦《たて》からも横からもながめ、なめらかな表面をなで、なにか言おうとしたが、しゃがれた声しか出なかった。

首をふると、じいさんはがらくたを入れてあるかごのそばまで、ひょこり、ひょこりと歩いていき、じょうぶそうな撚《よ》り糸《いと》を拾いだして、しっかりと猿をくくった。糸の最後を環《わ》にして腰《こし》ひもに通した。じいさんの腰で、モギの猿が陽気におどった。

「モギぼう、ありがとよ」

ようやく言葉を口にしたじいさんは、モギに頭を下げた。

「おいらもうれしいよ、よろこんでもらえて」

「お返しがなあんもないのう」じいさんは、腰に下げた猿をいじってみた。「そのかわり、ひとつ教えよう。旅の危険《きけん》は、なんというても人間じゃ。しかし、助けてくれるのも人間をおいてほかにはない。これを忘《わす》れんでおれば、安心していけるぞ」

10

モギは、先のとがった石で背負子《しょいこ》の木枠《きわく》にしるしの線を刻《きざ》みつけた。一日に、一本。今日で六本だ。

トゥルミじいさんが言ったように、旅は「今日一日」「つぎの村まで」の連続だった。朝日をさますと、小川で顔を洗《あら》い、アジュマのもちをひとつ食べる。太陽が頭の真上にくるまでどんどん歩く。すずしい木陰《こかげ》を見つけて休憩《きゅうけい》。ヒョウタンの水を飲む。太陽は西へ西へと移動《いどう》し、モギの足はひたすら前へ、前へ。あたりが暗くなるころに村があらわれ、そこで夜をすごした。

古くからのならわしで、いなかの人たちは旅人に親切だ。モギには、それがなにより心強かった。村のまんなかを通る道を歩いていくと、だれか——たいがいは子ども——が「あんちゃん、遠くからきたんだね？　なにか困《こま》ってること、ない？」と声をかけてくる。その子についいて家までいけば、母親が軒下《のきした》で寝《ね》かせてくれる。夕飯までごちそうになることもある。

そんな幸運にめぐりあわないときは、出発の朝ミンにわたされた銅銭《どうせん》で食べ物を買った。銅銭のほかに、巾着《きんちゃく》には火打ち石二個《こ》とひとにぎりの粘土《ねんど》も入れてあった。

その銅銭をよこすとき、ミンは、ぶっきらぼうに「全部使ってしまわんうちにもどってこい」と言い、ほんの一瞬《いっしゅん》、モギの肩《かた》に手をおいた。親方からそんなことをされたのは初めてだったので、モギは飛びあがるほどびっくりした。ミンはすぐにそっぽをむいたが、そのときの感触《かんしょく》をモギはずっとおぼえていた。

アジュマがもたせてくれた食料の袋《ふくろ》には、旅の最上の携行食《けいこうしょく》であるもちと、もちではない包《つつ》みがひとつ、入っていた。最初の日、それをあけたとき、モギは目をまるくした。干《ほ》し柿《がき》だ！

干し柿の味は、モギも知っていた。いつだったか、親切なお坊様《ぼうさま》にいただいたことがある。そうだ、お釈迦様《しゃかさま》の誕生《たんじょう》祝いのごちそうだった。アジュマの干し柿は、あのときのよりうまく、かみしめると口いっぱいにあまみが広がって、アジュマのやさしさそのもののように思われた。

ここまでの旅路は順調だった。背中《せなか》の荷物はぶじ。天気は上々《じょうじょう》。日中はかなり暑いが、夜はすずしい。寝るときは背負子《しょいこ》を枕《まくら》にした。枕としては、ごつごつして高すぎたが、おいらには重大な責任《せきにん》があるんだ、と気をひきしめるのに役立った。

そんなわけで、のんびり気分になりかけていたモギは、今日はまた緊張《きんちょう》ぎみ。目の前に山がせまってきたからだ。

山は、チュルポの北でひとつ越《こ》えた。そのあとは平野が続き、田んぼを見ながら歩いてきたが、つぎの村はこの山のむこう。そこまでは二日かかる。今夜は野宿をすることになりそうだ。

それでも、山道にかかると、また元気が出てきた。知らない山とはいえ、生えている木はチュルポと変わらない。カエデや、ブナや、梅。登るにつれて松が多くなる。モギは、植物や、さえずっている鳥の名を、口に出して言いながら歩いた。知らないうちに鼻歌まで出ていた。だが、それがミンのろくろ回しの歌であることに気づくと、すぐにやめた。親方ってがんこなんだよ、ほんとに！

標高が高くなってきたせいか、まわりの木々《きぎ》には赤や黄色の葉もまじりはじめた。木陰《こかげ》を歩くと、風がひんやりとして心地《ここち》よい。モギは、さっきまで不安な気持ちだったのがおかしくなった。

今夜はどこで寝《ね》よう？　猟師《りょうし》小屋かお寺でもあれば、と思っていたが、そんなものはない。日が西にかたむきかけてきた。野宿によい場所をさがしながら歩くうちに、流れのそばに出た。さらさら音をたてて流れる山の水をヒョウタンにくんで飲み、ぬれた手を上着のすそでふいて、モギはあたりを見まわした。

対岸に、でんとした岩がふたつある。モギは、水をはねかして流れをわたった。しらべてみると、岩と岩の間が少しあいている。横になって寝られるほど広くはないが、でっかい岩が番兵みたいで気に入った。この前で寝たら、きっと安心だ。

モギは背負子《しょいこ》をおろすと、焚《た》き火《び》にする枯《か》れ枝《えだ》を集めにかかった。煮《に》たきをするわけではないが、夜になって火がないのは心細い。気温も下がるにちがいない。岩のまわりをきれいにすると、流れから拾ってきた小石を円形にならべた。その中に細い木の枝を三角に積みあげ、下にかわいた松葉をひとつかみ。

なれた手つきで火打ち石を、カチッ、カチッ、カチッ。火の粉が飛んで、三度目くらいに松葉から細い煙《けむり》が上がった。ついた！　けど、へただなあ！　じいやんなら一回だぞ！

モギは岩によりかかり、火打ち石を巾着《きんちゃく》にしまうと、食料袋《しょくりょうぶくろ》からもちをひとつ出してかぶりつき、ちょっと顔をしかめた。アジュマのもちは前日でなくなり、干《ほ》し柿《がき》はもっとまえに食べてしまっていた。かぶりついたもちは、通りかかった村で買ったもので、味も、舌《した》ざわりもアジュマのとはちがっていた。

食べおわると、こんどは粘土《ねんど》を取りだした。まるめたり、つまんだり、のばしたり。いじっているうちに亀《かめ》の甲羅《こうら》の形ができかけた。頭がむずかしいぞ。モギはせっせと作りつづけた。

やがて、手もとを見るのに焚き火の明かりがたよりになってきた。あたりを見れば、山の端《は》がうっすら明るいだけで、ほかはもう闇《やみ》だ。背負子《しょいこ》にくくりつけてあった夜具を火のそばにしき、腹《はら》ばいになる。

火を見つめていると、耳の奥《おく》でトゥルミじいさんの声が聞こえた。

「見れども飽《あ》きんものがふたつあるのう。燃《も》える火と滝《たき》の水じゃ。不変でありながら、つねに形を変えておる」

闇が深くなるにつれ、ちらちらゆれる火が、まわりの立ち木に奇怪《きかい》な影《かげ》を投げはじめた。静かに燃えている薪《まき》が急に音をたてると、ぎくっとさせられるものだ。もう寝《ね》よう、寝よう！

モギは目をつぶったが、すぐにあけた。山の夜は暗い。のみこまれそうな気がする。もうしばらく火を見ていれば、眠《ねむ》くなるかも……。そのままじっとしていると、焚《た》き火《び》のぬくもりが心地《ここち》よく、炎《ほのお》のゆらめきでまぶたが重くなってきた。

突然《とつぜん》、音がした。モギの眠気《ねむけ》はふっとんだ。薪の燃える音ではなかった。なにかの動く、ごくかすかな音……。

モギは、片《かた》ひじをついて、耳をすました。空にかかった半月は色が淡《あわ》く、目をこらしてもなにも見えない。気のせいだったのか……。

いや、また聞こえた！　こんどは、はっきりと。近くの森で小動物が動いているらしい。カサ、コソ、落ち葉をふんで歩いている。

モギはゆっくり背負子を引きよせ、大岩の間のすきまに押《お》しこもうとした。木枠《きわく》が岩にこすれ、いやな音をたてた。モギはこおりついた。

じっとしてる場合じゃない！　なんの動物かしらないが、ぐずぐずしてると飛びかかってくるぞ！　モギは背負子を押しこむと、背中《せなか》をそれに押しつけ、自分もできるだけ奥《おく》へひっこんだ。せまくて、ひざにあごをのせてうずくまるのが精《せい》いっぱい。心臓《しんぞう》がどきどきして、破裂《はれつ》しそうだ。

まさか、火のそばまではこないだろう。だが、焚き火は熾《おき》になりかけている。木の枝《えだ》をもっとたくさん集めておけばよかった！

音が近づいてきた。左のほうで、落ち葉の音がはっきり聞こえた。見ると、すぐそばに細い枝が。ないよりましだ！　モギはそれを拾い、葉をむしって、ぐっとにぎった。おそってきたらこれで目をねらうんだ！

じりじりと時間がすぎた。と、突然《とつぜん》、見えた。

狐《きつね》だ！

モギの心臓《しんぞう》はのどまで飛びあがった。さまざまな思いが頭の中をかけめぐった。狐には勝てっこない。狐は目で呪《のろ》いをかけるそうだ。かけられると、ふらふらついていってしまうそうだ。じいやんにもアジュマにも二度と会えないかもしれない。親方の瓜形瓶《うりがたへい》は永遠《えいえん》にここに残される。そばには、食われてしまったおいらの骨《ほね》が……。

狐がちょっと動いたので、焚《た》き火《び》で一瞬《いっしゅん》目が光った。見るな！　目を見たら終わりだ！　モギはぎゅっと目をつぶった。

どれくらいそうしていたろう。おそるおそる目をあけてみた。ひょっとして、知らないうちに巣穴《すあな》にさそいこまれているのでは？　いよいよ餌食《えじき》になるところか？

よく見えないので、モギは目をぱちぱちさせた。狐はいなくなっていた。せまいところで体をちぢめているため、あちこち痛《いた》い。が、動く勇気はない。狐は魔性《ましょう》だ。姿《すがた》を消して安心させ、こっちが出たら、飛びかかって食うつもりかもしれない。モギは、そこから出ないことにした。化かされるもんか！

小鳥のさえずりで、目がさめた。一瞬、自分の居場所《いばしょ》がわからず、ちょっと身動きすると、背負子《しょいこ》が背中《せなか》にぐりっとあたった。

金色の日ざしが、木々《きぎ》の枝《えだ》から降《ふ》りこぼれている。朝だ！

こんなことって……？　おいらは寝《ね》ちゃった！　狐が近くにいたのに！　だけど、食われなかった！

モギは声を出して笑った。笑った声で、トゥルミじいさんを思い出した。じいやん、人間って、正体のわからないものがこわいんだね。わからないからこわいんだよ。モギは、そんな新発見をしたことがうれしかった。帰るまで忘《わす》れないでおこう。じいやんと議論《ぎろん》するのにちょうどいい。

岩と岩のすきまからはいだしながら、モギは顔をしかめた。体じゅう、かたまってるぞ！

つぎの村から一日の距離《きょり》に、プヨの都がある。出発まえに、モギはトゥルミじいさんから「プヨの〈落花の岩〉だけは見ておくといい」と言われていた。

「昔々《むかしむかし》の話じゃわい」

トゥルミじいさんの話が始まったとき、モギは、いつものように夜具に寝《ね》そべり、聞く用意をした。

「わしらの国は、なんべんも侵略《しんりゃく》の憂《う》き目《め》におうてきた。まわりの強い国々《くにぐに》が、なにかというと攻《せ》めてきたでの。これは、そういう侵略を受けたときの話じゃ。

今から五百年ほど昔、朝鮮半島《ちょうせんはんとう》には百済《くだら》、新羅《しらぎ》、高句麗《こうくり》の三つの王朝があった。プヨは、百済の首都であった。そのプヨへ、唐《とう》が新羅と手を組み、北からどんどん攻めてきた。それを迎《むか》え討《う》つため、百済の軍勢《ぐんぜい》は出はらってしまい、宮殿《きゅうでん》を守る兵はほんのひとにぎりになっておった。王様のもとへ『早くお逃《に》げになるように』との知らせがとどいたときには、もうおそかった。

王様と廷臣《ていしん》たちは、クム川を見下ろす高台へと逃げた。そこから先の逃げ道はなかったのじゃよ。わずかな数の兵が、高台のすぐ下で追っ手の前に立ちはだかったが、すぐにけちらされてしもうた。

王様をお守りしようと、側室や腰元《こしもと》がまわりを取りかこんだ。けれども、女たちにはわかっておった——自分らは囚《とら》われの身《み》となり、つれていかれて、みじめな目にあうだろう、とな。さぞやおそろしかったろうのう」

じいさんはここで茶をすすった。モギは、寝そべっているどころではなく、起きあがって聞いていた。

「それで終わり？」

「待て、待て、せっかち小猿《こざる》め。このあとが話の要《かなめ》じゃ」

じいさんは焚《た》き火《び》に見入った。

「敵《てき》はじりじりと高台までも攻めのぼってきた。もはやこれまで。覚悟《かくご》をきめた女たちは、まるで心がひとつになったかのように、断崖《だんがい》から身を投げはじめた。囚われの身となるよりは、死ぬほうがよい。ひとり残らずそう考えたのじゃよ。

モギぼう、見えるかの？　女たちはひとり、またひとりと飛びおりた。薄紅《うすくれない》、紅、緑。絹《きぬ》の衣装《いしょう》が風にはためき、花が散るようであったとよ」

モギは息をのんだ。すごい勇気だ！

「その日、唐軍《とうぐん》は勝利に酔《よ》いしれたじゃろうが、女たちもむだに死んだのではないぞ。なぜかというに、それから何百年ものあいだ、勇気を必要とする者に勇気をあたえてきたからの。この先も、あの女たちのことはだれも忘《わす》れんじゃろう」

じいさんが杖《つえ》の先で残り火をつついた。火花があがり、ほろほろこぼれた。花のように……。

「プヨに着いたら、〈落花の岩〉に登ってみんさい。じゃが、ひとつ忘《わす》れちゃならんことがある。よいか、死ぬばっかりが真の勇気ではないぞ」

そのプヨが、もうすぐだ。モギは足をはやめた。〈落花の岩〉にだけはよることにしよう。そして、帰ったら、見たことをじいやんに話してきかせよう。

ここまで、モギが通過《つうか》してきた村々《むらむら》は、どこかチュルポに似《に》ていた。むろん、海は見えないし、焼きものをする人が住んでいるわけでもなかったが、ふんいきはおなじだった。一本道をはさんで草ぶき屋根の農家がより集まり、役人のりっぱな家はちょっとはなれたところにあった。近くにはかならず寺もあった。人々《ひとびと》は、暮《く》らしは貧《まず》しくともせっせと田畑を作り、旅ゆくモギにつめたくする人はいなかった。

だが、プヨは想像《そうぞう》を絶《ぜっ》していた。都の門を一歩入ったモギは、思わず足をとめた。なんというにぎやかさ！　せまい通りに人間、牛車、手押《てお》し車《ぐるま》があふれている。くっつきあって建っている家々《いえいえ》を見て、「あんなとこに住んで、よく息ができるなあ！」と感心していると、「どけ、どけ！」とうしろからどなられた。われに返ったモギは、人の流れに押されながら歩いていった。

道の両側にずらりと露店《ろてん》がならび、店主が売り口上に声をからしている。客も声をからして値切《ねぎ》っている。ずいぶんものがあるなあ！　それに、騒々《そうぞう》しさといったら！　プヨの人は、頭の中がごちゃごちゃにならないんだろうか？

食べ物、飲み物を売る店。野菜や魚を売る店。菓子《かし》だけの店もある。そのほか、絹織物《きぬおりもの》、宝石類《ほうせきるい》、木彫《きぼ》りのおもちゃ、かご、ござ、たんす……。

それから、陶器《とうき》。モギの足がまたとまった。その店では、オンギと呼《よ》ばれる黒っぽい茶色の陶器を積みかさねて売っていた。オンギは、食料を保存《ほぞん》する器《うつわ》の総称《そうしょう》だ。

あらゆる大きさの器があった。しょうゆ皿から、人間が立って入れるくらいの、キムチをつけるかめまで、さまざまな器《うつわ》がうずたかく積みかさねられている。知らない人は、いつくずれてくるかと思うだろうが、そんな気づかいが無用であるのを知っているモギは、にっこりした。積み方だったら、おいらもうまいぞ。

つぎの店にうつろうとしたとき、奥《おく》の棚《たな》に目がいった。あっ！

その棚には、青磁《せいじ》の酒盃《しゅはい》が三つならんでいた。まったくおなじ形で、おまけに象嵌《ぞうがん》の菊《きく》の花！

モギのようすに目をとめた店主が、声をかけてきた。

「若《わか》いの、帰ったらだんなさんに教えてさしあげな。その三つは最新の〈意匠《いしょう》〉だよ。王様もほめておられるそうだ。仕入れにどえらい金がかかった。趣味《しゅみ》のよいだんながたでないと、とてもお売りできない代物《しろもの》だ。あんちゃんのだんなさんは、よいものがわかるお人かね？」

失礼な態度《たいど》を取るつもりはなかったが、ショックで頭がぼうっとしていたモギは、返事もできず、おじぎだけしてそこをはなれた。

カンの考案した象嵌と菊の花の模様《もよう》が早くも人気を呼《よ》び、似《に》たものが、早くも売られている！

モギはとっとと歩きはじめた。親方の作品を、いっときも早くソンドにとどけよう！

11

〈落花の岩〉までの踏《ふ》みわけ道《みち》は、なかなかけわしかった。モギは体を二つ折りにし、ときには両手も使って登っていった。頂上《ちょうじょう》の少し手前で荷をおろすと、ヒョウタンの水でのどをうるおし、手にも受けて、顔をぬらした。

気分をしゃきっとさせ、荷を背負子《しょいこ》ごとかかえて最後の数歩を登りきると、頂上は台地になっていた。モギは、世界のてっぺんにひとりで立った気分で、右をながめ、左をながめた。

台地の北側は目もくらむような断崖《だんがい》だ。真下をクム川が流れている。流れは、なだらかな丘《おか》と平野をぬうように光りながら蛇行《だこう》していた。

南側は、今登ってきたプヨからの道。あのにぎやかな都も、ここから見ればなんと小さいことか！

西にかたむいた太陽がまぶしい。手で影《かげ》をつくり、日の落ちゆく先をながめると、地平線がうっすらと青い。きっと、海だ。これだけ高ければ、海が見えてもおかしくはない。

トゥルミじいさんから聞いた悲劇《ひげき》の場所に、今自分が実際《じっさい》に立っている――そう思うと、モギはぞくぞくした。あの王様もここに立ったんだ――女たちにかこまれて。敵兵《てきへい》どもの足音が下からせまってくる。女たちが泣きさけぶ。ひとり、またひとりと崖《がけ》から身を投げ、美しい衣装《いしょう》がまるで花びらのように……。

「あの話を知っとるか？」

急に男の声がした。すぐそばで。モギはおどろいて飛びあがった。足音なんかしなかったぞ！

どこからともなくあらわれたその男は、みすぼらしいなりをし、日のあたらない場所に長くいたかのような不健康な顔色をしていた。

モギは、ちょっと咳払《せきばら》いをすると、こういう場合の礼儀《れいぎ》にしたがって、きまり文句《もんく》であいさつをした。

「あ、どうも。食事はおすみですか？」

「いや。きのう、おとといの分もまんだでよ」

男は無礼な返事をし、にたりと笑った。モギはいやな気分がした。それで、いましばらく景色を見ているつもりだったが、もう下りよう、ときめた。

ところが、背負子《しょいこ》をかつごうとすると、男がよってきた。

「米だんべ？　手を貸《か》すぜ」

なんだって？　モギはあとじさりをした。おいらの荷物は米よりずっと大事なものだぞ。

「あ、どうも。でも、いいです」

男の目がぎらっと光った。

「なにぃ？　親切で言ってやったのによ！」

男の腕《うで》が背負子にのびた。モギは俵《たわら》ごと背負子をかかえて逃《に》げかけたが、足がもつれた。
二、三歩先は崖《がけ》だ。男はうなり声を発し、顔をゆがめてさらに近づくと、俵に両手をかけてぐいとひいた。

モギにもやっと事態《じたい》がのみこめた。追いはぎだ。品のなさ、顔色の悪さ、おまけにこんな山中で声をかけてきたことが、その証拠《しょうこ》だ。旅に出るまえ、追いはぎの話は聞いていた。街道筋《かいどうすじ》や都の周辺にひそみ、遠路の旅に疲《つか》れた者をおそって金品を奪《うば》うという。それだ！　取られてたまるか！　モギは、木枠《きわく》をにぎった手に力をこめた。

相手もぐいぐいひいた。トゥルミじいさんの俵はそれくらいでは破《やぶ》れない。一瞬《いっしゅん》、男は片手《かたて》を放し、低い声でののしった。てのひらをわらで切ったらしい。一方、労働できたえたモギは、手の皮はあつく、腕《うで》っぷしも強い。いくら男がばか力を出そうが、一歩もゆずらなかった。

だが、頭の隅《すみ》では危険《きけん》を感じていた。気をつけろ！　相手が急にひくのをやめたら、崖から落ちる！　移動《いどう》しろ！　崖に背中《せなか》をむけているのは危険だ！

モギは、足の置き場所をじりじりと変えた。男はおどし文句《もんく》をならべ、悪態《あくたい》をつきながら、がむしゃらにひきつづける。モギの背中が踏《ふ》みわけ道《みち》にむいた。モギは、手にも腕にも力がみなぎるのを感じた。ぜったいに負けないぞ！　放すものか！　やがて、男のひく力が弱くなった。

モギは男の顔を正面からにらみつけた。にくらしいやつだ！　そう思うとさらに闘志《とうし》がわきあがった。こんなやつに親方の大事な作品を取られてたまるか！

男もすごい形相でモギを見た。が、突然《とつぜん》、短く笑って、手を放した。あっ！　モギはだれかの腕《うで》の中にあおむけに倒《たお》れこんだ。うしろに、あとひとりいたのだ！

追いはぎは、二人組だった！

二対一では、勝ち目はない。うしろの男がモギの両腕をねじあげ、前の男が背負子《しょいこ》を奪《うば》った。モギは足をばたつかせ、頭でうしろの男のあごを突《つ》きあげた。うしろの男はわめき、前の男がモギの顔にびんたを食わせた。

「おとなしくしろ！　こっちはブツだけでいいんだ。さわぐとそうはいかねえぞ」

男は手早く俵《たわら》をあけ、詰《つ》め物《もの》のわら、絹布《けんぷ》をつかみだした。つかみだすたびに怒《いか》りで顔がゆがんだ。

「米はどこだ？　おいっ？」

瓜形瓶《うりがたへい》のひとつがあらわれた。男は顔を真《ま》っ赤《か》にして「なんだ、こんなもの！」とどなり、瓶の口をつかんでふりまわした。モギはぞっとした。

「売ればいいさ」

相棒《あいぼう》がさめた口調で言うと、もうひとりがやり返した。

「おめえ、目が節穴《ふしあな》か？　献上品《けんじょうひん》だぜ、こいつは！　おれたちから買うばかはいねえよ！」

「もっとさがしてみろ」

最初の男はまた俵に手を突っこんだ。ふたつめの瓜形瓶が出てきた。男は底にしいてあったわらをつかみだし、地面にたたきつけた。

「こんちくしょう！　わざわざ登ってきたのによ！」

相棒は、腕をモギののどにまわしてしめつけ、あいた手で巾着《きんちゃく》をむしりとってふった。

「ほっほー、お宝《たから》はこっちだぜ！」

巾着から火打ち石と粘土《ねんど》の亀《かめ》がころがりでた。続いて、ひもに通した銅銭《どうせん》が落ちた。

「ふん、ないよりましだ」

最初の男は銅銭を拾いあげ、背負子をけっとばすと、歩きだした。

「いくぞ！　ひまつぶしをやったもんだ」

助かった！　モギは、ほうっと息を吐《は》いた。親方の作品さえ、おいていってくれるなら……！

だが、二番目の男はすぐにはモギを放さなかった。

「まあ、待ちなって。こいつを押《お》さえてろ」

「なんだ？　早くしろ！」

最初の男がもどってきて、モギの両腕《りょううで》をうしろからつかんだ。

「ちょっとしたお楽しみよ。せっかく登ってきたんだからな」

二番目の男は、瓜形瓶《うりがたへい》のひとつをつかみ、崖《がけ》っぷちまで歩いていくと、放りなげ、崖下をのぞきこんで、ふざけたしぐさで片手《かたて》を耳にあてがった。痛《いた》いほどの静寂《せいじゃく》ののち、はるか下から、岩にあたってくだける音がした。

「もひとつ、あったっけな」

男はへらへら笑った。

モギは死にものぐるいでわめいた。

「やめろ！」

うしろからモギを押さえつけていた男が、モギの体をもちあげると、思い切り地面にたたきつけた。一瞬《いっしゅん》、モギは息がとまった。

ふたつめの瓜形瓶も捨《す》てられた。モギは傷《きず》ついた子犬のような悲鳴をあげると、両手で耳をふさいだ。


モギはごろりと横むきになり、吐《は》いた。なんども、なんども。やがて、吐くものがなくなった。胃の中も、魂《たましい》も、からっぽになったような気がした。よろめきながら立ち、しばらくはひざに手を突《つ》っぱったまま、じっと地面を見ていた。

最低だ！　最低の失敗をやらかした！　大事な瓜形瓶を、おいらは守りとおせなかった。ソンドはまだ先だ。ソンドまでの距離《きょり》の半分もきていないのに、ここでこんなことになるなんて。もしもソンドにたどりつき、そのうえで器《うつわ》が不合格《ふごうかく》になったのなら、おいらの責《せき》任《にん》だけは果たしたことになったろうに。

モギは、のろのろと顔を上げ、崖に目をやった。帰って、今の出来事をミンに報告《ほうこく》する自分を想像《そうぞう》すると、体がふるえた。それはできない！　モギは背中《せなか》をのばすと、崖《がけ》っぷちに近づいた。

どんな気持ちがするものだろう――虚空《こくう》を落ちていくのは？　あの女たちのように。鳥のように。もはや思いわずらうこともなく。だが、下に落ちるまでの数秒は、きっと何時間にも感じられるにちがいない。

そのとき、トゥルミじいさんの声がはっきり聞こえた。

「死ぬばっかりが真の勇気ではないぞ」

その声があまりにも近く感じられたので、モギは思わずあたりを見た。もちろん、だれもいるはずはなかった。モギは、深く恥《は》じいって崖からはなれた。じいさんの言葉の意味が今こそわかった。ここから飛びおりるよりも、帰ってミンに報告《ほうこく》するほうが、はるかに勇気のいることだ。アジュマとの約束も思い出した。トゥルミじいさんも待っている。なんとしても、帰らなくては……。

モギは、巾着《きんちゃく》を拾い、火打ち石と亀《かめ》を入れた。わらぐつと食料袋《しょくりょうぶくろ》を背負子《しょいこ》からはずし、ヒョウタンといっしょにふり分けにした。わらぐつは、きのう取りかえたので、一足しか残っていない。食料袋にはもちがまだいくつかある。もっとも、この先食べる気が起こるとは思えなかったが。

巾着を上着の下にたくしこみ、ふり分け荷物を肩《かた》にかけた。だが、歩きだす決心がつかず、ただぼうっと立っていると、無惨《むざん》にころがった背負子と俵《たわら》に目の焦点《しょうてん》が合った。

ちきしょう！　モギは腹《はら》の底から声をしぼりだした。そして、背負子の木枠《きわく》をつかむと、俵ごと、崖っぷちから放りなげ、落ちゆくさまをじっと見つめた。俵と背負子は、岩壁《がんぺき》の突《つ》きでた部分にぶつかりながら、もんどりうって見えなくなった。

モギはくるっと崖に背をむけ、踏《ふ》みわけ道《みち》をかけおりた。岩場も藪《やぶ》もかまわずに。ころんでは起き、つまずき、すべり、よろめき、ようやくふもとのたいらな場所までたどりついたとき、前のめりにころんで前歯でくちびるをかみ切った。頰《ほお》が涙《なみだ》と泥《どろ》で汚《よご》れ、つばを吐《は》くと、血がまじっていた。こんな傷《きず》くらい、なんだ！　これっぽっちの痛《いた》みくらい！　もっとひどい罰《ばつ》を受けてもしかたがないことをしたんだ、おいらは！

起きあがり、上着のすそで顔をふいた。自分の荒《あら》い息づかいと、川音だけが聞こえた。川音はすぐそばでしていた。

突然《とつぜん》、かすかな希望が生まれた。さっき、くだける音は一回しか聞こえなかった。二度目に投げられたほうは、ひょっとすると水に落ちたかもしれない。こわれなかったかもしれない。

モギは、断崖《だんがい》のすそをぐるっとまわって、流れのそばに出た。あたりに大きな岩がたくさんころがり、その先に細長い砂地《すなじ》が見える。砂地のむこうも岩場だ。そそり立つ断崖を見上げ、上から放られたものが落ちそうな地点の見当をつけると、モギは岩のごろごろしたところを越《こ》えてそちらへむかった。

岩と岩の間にはとげだらけの植物が生えていた。それが密生《みっせい》して藪《やぶ》になっている場所では、いったん岩をおり、流れの中をざぶざぶ歩いて先へ進んだ。ああいう藪に落ちたのでなければいいんだが。あそこだったら、見つかりっこない……。

あ、あれはなんだ？　あの砂の上になにかある。岩のように黒くないから、ひょっとすると……！　足場の悪いところを、モギはがむしゃらに突《つ》きすすんだ。岩でむこうずねをすりむいたのにも気づかずに。

だが、ちがった。近よってみると、それは小石の集まりにすぎなかった。

モギはなおもさがした。崖《がけ》と流れのあいだにある岩場と砂地を、ゆきつもどりつ、目を皿のようにして。そして、あきらめかけたころ、ついに見つけた。

それは、完全にくだけていた。破片《はへん》は、どれも小石ほど。だれが見ても、もとがなんだったかわかるまい。モギは、しゃがんで、破片にさわってみた。きっと、最初に投げられたものだ！

必死の思いで、あたりを見まわした。ふたつとも、おなじ場所から投げられた。あとから投げられたほうも、きっとこの近くにある。

水ぎわの砂地に、またなにか見えた。やっぱり小石の集まりか、流木か。モギはそろそろと近づいた。

やはり瓜形瓶《うりがたへい》だった。落下時の勢《いきお》いで砂にめりこみ、完全にくだけていた。モギはかたわらにひざをついて思った。あたりまえだ。あんな高いところから落とされて、こわれないはずがあるものか。

だが、砂がわずかながら衝撃《しょうげき》をやわらげたらしく、こちらの破片はいくらか大きい。いちばん大きいのは、てのひらほどある。モギはそれを拾い、流れの水ですすいだ。

見ると、表面に浅いみぞが一本。もとは瓜形瓶《うりがたへい》であったことを、このみぞがはっきり語っている。みぞの横には象嵌《ぞうがん》部分も見える。牡丹《ぼたん》の花と、茎《くき》と葉の象嵌だ。そして、釉《ゆう》薬《やく》の美しさ！　打ちくだかれ、かけらとなっても、青磁《せいじ》の発色のみごとさにはなんの変わりもなかった。

にぎりしめると、鋭《するど》いふちがてのひらに食いこんだ。その痛《いた》みで、ミンの家の裏庭《うらにわ》に失敗作が捨《す》てられていた日のことが、遠い昔の思い出のように、だが、ありありとよみがえった。あのとき、拾ったかけらを、おいらは川に投げすてた……。

突然《とつぜん》、モギは頭を上げた。立ちあがると、ぐっと胸《むね》をはった。にぎっていたかけらを、たいらな石の上に静かにおき、巾着《きんちゃく》から粘土《ねんど》の亀《かめ》を取りだした。にぎりつぶして、両方のてのひらにはさみ、ころがして長い蛇《へび》の形にした。石の上のかけらを取りあげ、まわりの欠けた部分に蛇をていねいにはりつけた。

火打ち石は、上着のすそでしばった。火打ち石と青磁のかけらをいっしょに巾着に入れると、青磁の表面に傷《きず》がつくだろう。からにした巾着に、粘土でくるんだかけらを入れた。そして、岩にぶつけることのないよう、大事に手にもち、もときたほうへと、もどりはじめた。

今、まよいを捨《す》てたモギの動作は、きびきびとしていた。そう、心がはっきりきまったのだ。おいらはソンドへいく。キム氏に、ただひとつのこのかけらを、お見せするぞ。

12

それからの道中を、モギはほとんどおぼえていない。降《ふ》ろうが、照ろうが、ただ歩いた。夜明けから日没《にちぼつ》まで、休むことなく。ヒョウタンの水を飲みながら、歩きつづけた。

夜、集落の近くにきていれば、どこかの軒下《のきした》に寝《ね》かせてもらい、食べ物をめぐんでもらえるようであれば、ありがたくいただいた。人家がどこにも見えないときは、道端《みちばた》のみぞや、森の木の下で眠《ねむ》った。食欲《しょくよく》はなかったが、二日に一度はむりにでも食べた。なにも食べずに最後まで歩きとおすことはできない、とわかっていたので。

足をとめたのはただ一度。峠《とうげ》をひとつ越《こ》えるとき、きた道をふりかえってみると、浅いすり鉢形《ばちがた》の平野がはるかに広がり、一本の川が銀色に光りながら流れていた。その景色は、疲《つか》れきったモギの目にも、夢《ゆめ》のようにのどかに映《うつ》った。

この峠から北へ三日歩いて、ソンドに着いた。


首都ソンドは、プヨを何倍にもしたような大都会で、中央部にひときわ高くそびえる宮《きゅう》殿《でん》が、遠くからでも見えた。

モギはわき目もふらず宮殿をめざしたが、赤《あか》ん坊《ぼう》をおぶった女の人に道をゆずったときだけは、心がゆれた。女の人は、むずかる赤ん坊をやさしい声であやし、背中《せなか》をゆすってやっていた。

モギも昔はあんな赤ん坊だったのだ。このソンドで。そのころは父も、母もいた。あの女の人のように、母さんも赤ん坊のおいらをあやしてくれたにちがいない。ひょっとすると、近くの寺に、当時のことを知る坊様《ぼうさま》がいるかもしれない。みなしごとなった赤ん坊をチュルポに送ったときのことを、今もおぼえているのでは……？

モギはほうっとためいきをつくと、あたりを見まわした。往来《おうらい》の騒《そう》々《ぞう》しさは、逃《に》げだしたくなるほどだ。どこを見ても、人、人、人。ひまな顔をした人は、ひとりもいない。寺もたくさんありそうだ。ソンドをとりかこむ山に、十やそこらはあるだろう。だが、もしも運よくそのときの坊様《ぼうさま》をさがしあてたとしても、思い出してもらえるかどうか。それどころか、すでに亡《な》くなっているかもしれない。

あれこれ考えたところでなんになる？　モギは、また歩きだした。

ごったがえす都大路をひたすらたどり、宮殿《きゅうでん》の門にたどりついたのは夕刻《ゆうこく》だった。門の前には、二名の番兵が立っていた。

モギは、堂々《どうどう》と告げた。

「キム特別官にお目どおりの約束があります」

ふたりの番兵はモギをながめ、顔を見あわせた。モギには彼《かれ》らの頭の中が読めた。このこぎたない、やせこけたこわっぱが、お目どおりの約束があるだと？

だが、モギはひるまなかった。自分がしっかりと落ち着いていることにもおどろかなかった。キム氏が待っていなさる。おいらには、面会を求める権利《けんり》があるんだ。

モギの自信がものを言ったとみえ、番兵のひとりが門の中へと消えた。それきりなかなかもどってこないので、相棒《あいぼう》はいらいらと足踏《あしぶ》みを始めたが、モギは胸《むね》をはり、じっと門をにらんでいた。

ようやく、先ほどの番兵がひとりの役人をともなってもどってきた。役人はキム特別官が着ていたようなゆるやかな長衣をまとっていた。だが、帽子《ぼうし》がちがうから、おそらく位が下なのだろう。その役人も、モギをうたがわしそうにじろじろ見た。

「なんの用だ？」

モギはおじぎをし、口上を述《の》べた。

「キム特別官にお目どおりの約束があります。チュルポの焼《や》きもの師《し》、ミン親方の名代《みょうだい》でまいりました」

役人はぴくりと眉《まゆ》をあげた。

「ほう。で、お見せするものはどこにある？　わたしからとどけておこう。二、三日後に返事をききにくるがよい」

モギは、ちょっと考えてから、こう答えた。

「おそれながら、もってきた品物は、キム特別官にしかお見せできません」

言ってしまうと、さすがに少々《しょうしょう》不安になり、深呼吸《しんこきゅう》をした。嘘《うそ》は言わなかったぞ。

役人は不ゆかいそうな顔をした。

「あのかたはおいそがしいんだ。あずかっておいて、おひまなときにお目にかけよう」

「それなら、おひまになるまで待ちます」

モギは、役人の目をしっかりと見た。

「『まっすぐにもってくるように』とはっきり言われました。そのとおりにしたいです」

モギのてこでも動かぬ決心が、役人にも通じたようだ。

「なるほど。しかし、お目どおりを願うからには、お見せするものがなくてはなるまい。どこにあるのだ?」

「キム特別官に申しあげます」

役人は、口の中でなにかぶつぶつ言ったが、それでもようやく番兵に合図をした。門が大きく開いた。

門の中も、ひとつの町になっていた。城壁《じょうへき》ぞいに建物がならび、広い敷地《しきち》のはるか奥《おく》に、豪壮《ごうそう》な御殿《ごてん》が見えた。モギは、歩きながら右をながめ、左をながめ、つんのめってころびかけた。平屋でない建物を見るのは、なにしろ生まれて初めてだったから。

そして、最大の驚《おどろ》きは、御殿の屋根が青磁《せいじ》の瓦《かわら》でふいてあったことだ。

モギは足をとめ、屋根を見上げた。そういえば聞いたことがあった。ずっと昔、チュルポの焼《や》きもの師《し》たちが総出《そうで》で宮殿の青磁瓦を焼いた、という話を。そのときの疵《きず》ものが、今でも村の窯場《かまば》近くにどっさり残っている。モギは、屋根にのぼって、近くで見たい気持ちにかられた。だが、下からでも、一枚《まい》一枚の瓦にほどこされた精緻《せいち》な浮《う》き彫《ぼ》り模様《もよう》は、はっきりと見えた。

まわりの人々《ひとびと》は、立ちどまって瓦を見てなどいない。御用《ごよう》商人、兵士、役人、僧侶《そうりょ》たち。みないそがしそうだ。モギも、どんどん先へゆく役人のあとを追った。とある建物の前で、役人は「待っておれ」と言って中に消えた。

ほどなくもどってきた役人は、モギを奥の小部屋《こべや》につれていった。小部屋とはいえ、なんと優雅《ゆうが》な部屋だろう。壁《かべ》の棚《たな》に青磁の器《うつわ》がいくつも飾《かざ》られている。それがすべて一級品であることは、モギにもひと目でわかった。モギをつれてきた役人は、うやうやしく扉《とびら》の内側に立った。

キム氏は、低い机《つくえ》に広げた巻《ま》き紙《がみ》に、筆をさらさらと走らせていた。モギは字は読めない。それでも、キム氏の文字のみごとさは理解《りかい》できた。

キム氏は、すずりで筆の形をていねいにととのえると立ちあがり、まだ墨《すみ》のかわかない巻き紙を、広げたまま棚《たな》のひとつにおき、またもとの座《ざ》についた。そして、腕《うで》を組んでモギを見た。

モギはおじぎをした。頭を低く下げたとたんに、急に気が弱くなり、足もへなへなになったような気がした。腹《はら》がへってるからだ……頭を上げながら、ふとそう思い、大事なときにそんなことを思った自分におどろいた。

キム氏が言った。

「チュルポからきたのだね？　ミンどのの作品をもってきたのだろう？」

「はい」

キム氏は、モギが作品を出すのを待っているらしい。

「どうした？　どこにあるのだね？」

モギは、ごくりとつばを飲みこんだ。

「くる途中《とちゅう》、追いはぎにおそわれました。親方の作品はこわされて……」

役人がぐいと一歩踏《ふ》みだし、「なんだと？　お目にかけるべきものをなにももたずに、よくも……！」と言いつつ、モギの腕をつかんで部屋《へや》の外へひきずりだそうとした。

モギは、足ばかりか、全身の力が、ぬけてしまっていた。この人の言うとおりだ。おいらはとんでもないばかだ。山では追いはぎにやられ、ここでまたこんな恥《はじ》さらしをしている……。

キム氏がすっと立ちあがり、役人に手をひけと合図をした。役人はかしこまってひきさがり、キム氏はモギにむきなおった。

「それはたいそう残念だ。ミンどのの作品をもう一度見たいものと、心待ちにしていたのでね」

モギは頭をたれた。

「申しわけありません」

低い声であやまり、巾着《きんちゃく》から、ゆっくりと、あのかけらを取りだした。そして、深く息をすいこみ、手にもったかけらを、じっと見た。

ふちを粘土《ねんど》でくるんだそのかけらは、いかにも場ちがいな感じがした。だが、象嵌《ぞうがん》の繊細《せんさい》な美しさ、そして青磁《せいじ》の幽玄《ゆうげん》な色あいはもとのままだ。モギの心に、最後の勇気がわきあがった。

「ただひとかけらではありますが、親方の腕前《うでまえ》をごらんになれると思います」

モギは両方のてのひらを上にむけ、そこにかけらをのせて、キム氏の前にさしだした。

キム氏はおどろいた顔をしたが、なにも言わずに受けとった。そして、入念に見た。ふちの粘土をはがし、欠けたところも、よく見た。

そして、静かにかけらを机《つくえ》におくと、巻《ま》き紙《がみ》を広げ、筆を取りあげて書きはじめた。

モギはうなだれて立っていた。涙《なみだ》をこらえて。キム氏はいそがしい人だ。その証拠《しょうこ》に、早くもほかの用事にかかられた。だが、かってに部屋《へや》を出るのは失礼だ。去れと言われたら、あのかけらを返してくださいと言ってもかまわないだろうか？　みじめな気持ちでそんなことを思いながら、モギは、心のどこかで感謝《かんしゃ》もしていた。面とむかって「こんなかけらを、ただひとつもってくるとは、愚《おろ》か者《もの》め！」と笑われなかったのは、なんといってもありがたいことだったから。

書き物をおえたキム氏は、役人を手招《てまね》きし、書いたものをわたした。役人のおどろいた気配が、モギにも伝わった。キム氏が役人に言った。

「ここに書いたとおりに、すぐ手配を」

「しかし……」

言いかけて、役人はためらった。

「ごらんにならずとも、よろしいのでございますか?」

ていねいな言い方ながら、その声には不服がはっきりあらわれていた。

「心配するのはわかる。だが、わたしはこの子の師匠《ししょう》の作品をチュルポで見た。そして、今、ここでもね」

キム氏は、机の上のかけらを取りあげた。

「これを見るがよい。〈ひすいのごとくかがやき、水のごとく澄《す》む〉――極上《ごくじょう》の青磁はこう形容《けいよう》される。しかし、極上と呼《よ》ぶにふさわしい青磁は、まことに少ないのだよ」

そう言うと、かけらを目の高さにかかげて、じっと見入った。

「これは数少ない秀作《しゅうさく》のひとつだ。そして、象嵌《ぞうがん》だが……みごとというほかはない」

感動の面持《おももち》ちでしばらくかけらに見入ったのち、キム氏は役人に巻《ま》き紙《がみ》をわたした。

「ではたのんだぞ」

役人はぺこりとおじぎをすると、部屋《へや》から出ていった。キム氏はモギにむきなおった。

その目はやさしかった。トゥルミじいさんの目のように。また、アジュマの目のように。

キム氏は静かに説明した。

「チュルポへの帰りの船を用意するようにと、書いてわたしたのだよ。帰って、師匠《ししょう》に伝えてほしい。ここのご用をお願いする、とね。ところで、ききたいことがある。ミンどののもとで、どれくらい修業《しゅぎょう》をしてきたのかね?」

モギは頭がくらくらした。夢《ゆめ》を見ているような気持ちがした。だが、問いに答える自分の声は、はっきりと聞こえた。

「一年半です」

「そうか。では、教えてもらいたい。ミンどのの最上の作品だが、年にいくついただけよう?」

モギは考えた。考えていると、心が落ち着いてきた。

「十個《こ》ほどです。それより少ないことはないです。でも、もっとずっと多くもないです」

ここでモギは目を上げ、低い声で、だが誇《ほこ》りをこめて言いきった。

「親方は時間をかけて作る人ですから」

「そうだろうとも」

キム氏はうなずき、あらたまった顔をモギにむけた。

「さて、ソンドでとまるところがないのなら、さっきの者に言いなさい。船が出るまで、宿と食事のめんどうを見てくれるだろう。よくきてくれた、礼を言うぞ」

モギは、もう天にも昇《のぼ》る心地《ここち》だった。大声で笑うか、泣くか、キム氏の手を取っておどりまわるかしたいくらいだ。だが、そんなことはできない。だから、深々《ふかぶか》と頭を下げた。床《ゆか》につくほどに、深く。感謝《かんしゃ》を言葉にしたかったが、なにも言えず、わかってもらえるようにとただ念じた。

この世には、言葉にならない思いもあるのだ。

13

野越《こ》え、山越え、チュルポから歩いたことを思えば、海路は速かった。モギは、興奮《こうふん》と船のゆれで最初気分が悪くなったほかは、刻々《こっこく》と変わる海の色を、飽《あ》かずながめた。空も、海から見るほうが、はるかに大きく感じられた。一方、心は船にむかって「速くいけ！もっと速く！」とさけびつづけていた。

チュルポが近くなると、じっとしていられない気持ちで船ばたにかじりついた。海から見るのは初めてだが、たしかにそれは故郷《こきょう》の村。水に飛びこんで泳いでいきたいほど気がせく。だが、ぐっとこらえた。浜《はま》まで手こぎの舟《ふね》で運ばれるあいだのもどかしさといったら！

浜にあがるや、走った。一刻《いっこく》もはやく親方に！　それから、橋の下で待っているトゥルミじいさんに！

玄関《げんかん》から声をかけたが、返事がない。裏《うら》にまわると、畑にアジュマのしゃがんだ背中《せなか》が見えた。モギはちょっと咳払《せきばら》いをしてから、呼《よ》んだ。

「アジュマ？」

アジュマが、飛びあがるようにして、ふりむいた。

「モギ！」

アジュマの顔に、たくさんの笑いじわができた。

「おかえり！　まあ、ぶじに！」

「はい！」

季節はもうすっかり秋。うすら寒いその日、アジュマのほほえみは暖《あたた》かいそよ風のようにモギをつつんだ。頭を下げながら、モギも思わず頬《ほお》がゆるんだ。

「親方は？」

「漉《こ》し場《ば》ですよ……」

アジュマは、なぜかためらうように、ちょっとだまった。

「親方に知らせることがあるのでしょう?」

モギはうれしさをおさえきれず、にっこりした。

「はい!」

またおじぎをすると、モギは小川へとかけだした。


漉し場近くまでくると歩調を落とし、こぶしをぐっとにぎって、気持ちをしずめた。ミンは漉《こ》し穴《あな》の粘土《ねんど》をかきまわしていた。

「親方、いってきました」

ミンはへらをおき、雑巾《ぞうきん》で手をぬぐった。

「ああ、もどったか」

「はい」

モギはおじぎをした。

「ソンドでキム特別官にお目どおりをいただきました」——自慢《じまん》たらしい言い方をするんじゃないぞ！——「特別官は、親方にご用をお願いする、と言われました」

ミンは目を閉《と》じた。長々《ながなが》と息をすいこみ、笛でも吹《ふ》くように吐《は》きだした。そして、目をあけると、モギのうしろのどこか遠くをじっと見つめた。川べりに、腰《こし》をかけるのにちょうどよい石がある。ミンはそこまで歩いていくと、腰をおろし、モギにも「すわれ」とそばの石を指さした。

言われたとおりに腰かけたが、モギはなんだか拍子《ひょうし》ぬけがした。なにしろ、自分は、心臓《しんぞう》の音が聞こえるくらいわくわくしていたのだから。ちらっと見ると、ミンの顔はひどく暗い。どうしたんだろう？ 王様のご指名をいただくのが昔からの望みだと思ってたけど？ でも、こういう人なんだ。

ミンは、モギのほうにちょっと身を乗りだし、なにか言おうとしたが、首を横にふってやめ、しばらくして、やっと口をひらいた。

「気の毒なことをした。トゥルミじいさんがな……」

モギはこおりついた。

「おととい……いや、そのまえか、じいさんは橋の上にいた。そこへ、重い荷を積んだ手《て》押《お》し車《ぐるま》がきた。道をあけようとして、じいさんは欄干《らんかん》にもたれた。その欄干が……くずれた」

モギは目をつぶった。その先は、もう聞きたくなかった！

ミンがモギの肩《かた》に手をおいた。

「冷たい水が心臓《しんぞう》によくなかった……年も年だったからな」

モギは、自分の魂《たましい》と体が分離《ぶんり》したような、おかしな気持ちがした。魂が体からかってにぬけだし、宙《ちゅう》の一点から地上の自分と親方をながめているような……。宙に浮《う》かんだモギは、ミンのまなざしがやさしいのに気づいた。顔の感じもやさしかった。ミンがそんなふうに見えたのは初めてのことだった。

「即死《そくし》だったそうだ。じいさんは苦しまなかったんだよ、モギ」

ミンは、腰《こし》の巾着《きんちゃく》から小さいものを取りだした。

「水からひきあげたとき、じいさんがこれをにぎっていた」

それは、モギの作ったあの小猿《こざる》だった。あのとき巻《ま》きつけた撚《よ》り糸《いと》もそのままに……。

さしだされた小猿を見ながら、モギは手を動かすこともできなかった。

そのとき、アジュマの声が聞こえた。いつのまにきたのだろう？　アジュマの声も、顔も、水の中のようにゆらゆらした。アジュマが言った。

「今夜はうちで寝《ね》なさい、ね」

宙に浮かんだモギは、自分が立ちあがり、アジュマにつれられて歩いていくのを、じっと見ていた。うしろから、ミンが呼《よ》びかけた。

「モギ、じょうずに作ったな」

その声はひどく遠かった。聞こえたような気がしただけかもしれない。

アジュマについて家の中に入りながら、モギは、ぼうっとした頭の隅《すみ》で、自分のしていることにおどろいた。親方の家の中に入るなんて、それまで一度もしたことがなかったのだ。

ミンの作ったものが、いくつも見えた。形のよい急須《きゅうす》。箸《はし》やしゃもじの入っている彫《ほ》り模様《もよう》のある壺《つぼ》。家の中はこざっぱりとかたづき、だからといって、かたづきすぎてよそよそしいというのでもなかった。

アジュマにつれられていった小部屋《こべや》には、すでに夜具がのべられていた。ひとりになったモギは、横になり、目をつぶった。そして、すべてを意識《いしき》から追いだし、暗い眠《ねむ》りの穴《あな》に落ちていった。

あくる朝、寺の鐘《かね》も鳴らないうちに目がさめた。しんと静かな家を出て、モギは小川まで歩いていった。しばらく、水の流れをじっと見ていたが、足もとの平たい小石を拾って投げた。気を入れずに投げたので、石は一度もはずまず、ただ落ちた。

また、ひとつ、拾って投げた。もうひとつ。突然《とつぜん》、モギは続けざまに、たたきつけるように投げはじめた。小さな流れは煮《に》え湯《ゆ》のように波立ち、そこへ、木の葉や、小枝《こえだ》や、土くれまでも、もうめちゃくちゃに投げこんだ。

ついに息が苦しくなって、しゃがみこんだ。胸《むね》をつかみ、肩《かた》で息をしながら、モギは川べりのぬかるみにがっくりとひざをつき、水がしだいに静まるのをじっと見ていた。

もしも、おいらが「ソンドへいく」などと言いださなかったら……？　そのときじいやんのそばにいて、助けられたかもしれない……。

流れてきた一枚《まい》の木の葉が、小さな渦《うず》に巻《ま》きこまれ、くるくる回った。モギの思いは、小猿《こざる》をトゥルミじいさんにわたしたあの日へともどっていった。受けとったじいさんの顔が、ありありと目に浮《う》かんだ。じいさんは、すぐさま撚《よ》り糸《いと》でくくって腰《こし》につけた。「旅に出る」と打ち明けたときのことも思い出した。じいさんは、「いくな」とはひと言も言わなかった。モギの勇気を誇《ほこ》りに思ってくれたのだ。

さまざまな記憶《きおく》が、どっと押《お》しよせた。どんなことでも、まじめに議論《ぎろん》の相手をしてくれた……。おもしろい話をたくさん知っていた……。キノコや木の実を見つける方法、世の中の読み方を教わった……。じょうだんで笑わせるのがうまかった――自分の足の悪いことまでじょうだんのタネにして……。

ある記憶が、はっとするほどあざやかによみがえった。モギはささやいた。「じいやん、今どのあたりを旅しているかしらないけど、きっと二本のりっぱな足で歩いてるよね」

そのとき、初めて涙《なみだ》があふれた。

モギのすすり泣きをかき消すように、寺の鐘が鳴りはじめた。モギは力の入らない足で立ちあがり、流れで顔を洗《あら》った。のろのろと家のほうにもどってくると、裏庭《うらにわ》で、ミンが待っていた。手押《てお》し車《ぐるま》と斧《おの》を用意して。

今日は薪《まき》をきるんだ——モギは心につぶやいた。なにもかもおんなじだ。旅に出るまえと、なにひとつ変わっちゃいない。

いや、ちがう。トゥルミじいさんが、いなくなった。モギは身ぶるいをした。今年の冬は、あのしめっぽい穴《あな》ぐらで、おいらひとりでやっていけるだろうか？

ミンが斧をさしだして、大声で言った。

「太いのをきってこい。大人の胴《どう》まわりくらいあるやつだ」

モギはおどろいた。そんな太いのを、なぜ？　もちろん、割《わ》れば窯《かま》で燃《も》やせるだろうが、よぶんなてまがかかるだけだ。

「どうした？　大事なご用を申しつかったのだぞ。大仕事が始まるのが、わからんのか？」

モギは、うつむいた。

「わたしひとりで、やれるはずがあるまい？　おまえ専用《せんよう》のろくろももたずに、どうやって手伝う気だ？　太い丸太をきってこい。丸太がないとろくろは作れん！　早くいけ！」

ミンは、せき立てるように山への道を指さした。

モギは、頭をなぐられたような気がした。そうだったのか！　わかったとたんに、足が山のほうをむいた。おいら専用のろくろ！　親方が、回し方を教えてくれるんだ！

歩きだしながら、思わず顔が笑っていた。ふりかえってみると、ミンはもう見えず、アジュマが、弁当《べんとう》の包《つつ》みを見せて手招《てまね》きしていた。

もどったモギに、アジュマは弁当をわたしてこう言った。

「夕飯までに、帰ってきなさいね」

またしても、モギは、頭がが―んとなった。夕飯までに帰る……！　アジュマの顔を見ると、アジュマは大きくうなずいた。

「これからはうちで暮《く》らすのよ。だから、ひとつたのみを聞いてくれますか？」

「なんでも言ってください」

モギは、おじぎをしながら、夢《ゆめ》でも見ている思いがした。

「あなたをね、新しい名前で呼《よ》びたいの。親方と相談したんだけれど、ヒョンピルという名前は、どうかしら？」

モギは、こっくりと頭を下げた。親方とアジュマには、ヒョングという名の息子《むすこ》さんがいた……。ヒョングとヒョンピル――音がおなじなのは兄弟のしるしだ。そんなりっぱな名前を、おいらに！　モギは胸《むね》がいっぱいになり、なにも言えずにただうなずくと、回れ右をして歩きだした。背中《せなか》にアジュマの温かいほほえみを感じながら。

アジュマが低い声で呼《よ》びかけた。

「それじゃ、ヒョンピル、夕飯のときにね」

モギは走りだした。ごろた道で手押《てお》し車《ぐるま》がはねあがる。さまざまな思いが頭の中をかけめぐった。じいやん……おいらのろくろだよ……アジュマの家に住むんだよ……新しい名前をもらったよ……親方がろくろの回し方を教えてくれるんだよ、じいやん……。

モギは、頭を強くふった。落ち着け。気持ちをしずめてくれるものを思い出そう。うん、梅瓶《めいびん》だ。ひと枝《えだ》の梅をいけることで、その美しさがかんぺきなものとなる梅瓶。あの夢《ゆめ》が、以前よりはっきりしたものとなってもどってきた。それは、もはやただの夢ではなかった。

モギの手は、早くも粘土《ねんど》を感じた。回るろくろ――おいら専用《せんよう》の――の上で粘土がぐうっと立ちあがり、やがて優美《ゆうび》な形となる。おなじものを、たくさん作ろう。必要なら、十個《こ》でも。ひすいのような、水のような、あの青磁《せいじ》の色が生まれるまで。美しい象嵌《ぞうがん》をほどこそう。どんな模様《もよう》がいいだろう？

モギは、山を見上げた。葉の少なくなった木々《きぎ》が、堂々《どうどう》たる松の緑に負けることなくしっかりと枝をはっている。木々の太い根もとから幹《みき》へ、枝へ、凛《りん》とした梢《こずえ》の先端《せんたん》へと、モギは目を上げていった。

優美な梅瓶にふさわしい象嵌を生みだせる日は、いつ？　そうだ、「ひとつの山、ひとつの谷、一度に一日」だ！　そのようにして長い道をゆくならば、いつかは、きっと！

モギは、手押し車のかじ棒《ぼう》をにぎる手に力をこめると、ぐっと前かがみになり、一歩、一歩、山道を登っていった。

韓国《かんこく》の国宝《こくほう》のひとつに、高麗《こうらい》時代に作られた青磁《せいじ》の梅瓶《めいびん》がある。象嵌《ぞうがん》で仕上げたその美しさはほかに類がない。意匠《いしょう》の主役は鶴《トゥルミ》である。四十六個《こ》の丸文のひとつひとつに、のびやかに翼《つばさ》を広げて鶴が飛ぶ。丸文のあいだに雲がたなびき、そこにも鶴が飛んでいる。丸文の色は白と黒。鶴は白。地の色は灰色《はいいろ》がかった緑。その名を『青磁象嵌雲鶴文梅瓶《せいじぞうがんうんかくもんめいびん》』という。作り手については、なにもわかっていない。

訳者あとがき

二〇〇二年秋、本書翻訳中に韓国をたずね、梅瓶《めいぴん》について、また高麗《こうらい》青磁について、たくさんのことを知りました。

「梅瓶」を韓国ふうに発音すると「めびょん」というやわらかい音になることを教えてくださったのは、韓国翻訳家協会会長趙一駿《チョウイルジュン》氏。また「梅瓶」とは梅の花を思わせる優美なたたずまいであることからつけられた呼び名で、文様ではなく、形の総称ですが、ソウルの国立中央博物館でたまたまお会いした地方の学芸員の方に、「梅瓶は口が小さいので、もともとはお酒などの液体を貯蔵するものだったと考えられますが、これに梅の花を活けて愛《め》でるのも当時の人たちの風雅な楽しみだったようです」と教わりました。

物語の最後に登場する韓国の国宝《青磁象嵌雲鶴文梅瓶《せいじぞうがんうんかくもんめいぴん》》は、ソウルの澗松《カンソン》美術館におさめられています。主人公モギ少年の新しい名前《ヒョンピル》は、澗松美術館創設者チョン・ヒョンピル氏にちなんだもの。澗松はチョン・ヒョンピル氏の雅号です。

思えば、青磁はまことに数奇な運命をたどりました。源は紀元前の中国ときききますが、やがて朝鮮半島でも高麗時代に青磁の生産がはじまり、たぐいまれな芸術が誕生しました。その技術はさらに日本へと渡り、高麗の感性を今に伝えています。

高麗青磁の、あの翡翠《ひすい》を思わせる幽玄な緑色は、釉薬《ゆうやく》と胎土《たいど》にふくまれる微量な鉄分に火が加わり、化学変化を生じた結果出るものなのだそうです。中国では藁《わら》、すすき、笹《ささ》などを燃やしてできた灰を釉薬にしていましたが、高麗の陶工たちはブナ科の雑木の灰を用い、長い苦心の末に美しい青磁釉を創《つく》りだしました。また、ひと口に「火を加える」と言っても、窯で燃やす薪《まき》の火は人の思いどおりにはならず、二度とおなじに燃えることもありませんから、望みの色を出すために、陶工たちはどれほど工夫をかさねたことでしょう。

ソウルからバスで一時間ほどの利川《イチョン》市に、高麗時代の技法を再現した窯場があると聞き、たずねてみました。昼寝中の竜の背中を思わせる窯、整然と積まれた薪、庭のかたすみに捨てられている青磁の疵物《きずもの》の山。まさに、ちいさな焼きもの師モギが、そのへんでせっせと働いていてもおかしくないような風景！　そして、釉薬《ゆうやく》をかけるまえの作品と完成品の両方を見ることもできました。想像していたとはいえ、粘土の、なんの変哲もない鈍い色が、釉薬をかけて焼きあげるとあの翡色《ひしょく》を発する不思議は、青磁釉と火の魔術と呼ぶにふさわしいものであるとたしかめられたのも、うれしいことでした。

地理に興味のある読者のために、すこし書いておきましょう。地図を開いてごらんになりますと、高麗《こうらい》時代に青磁の二大産地であった扶安《プアン》（チュルポはここにある）と康津《カンジン》が朝鮮半島の西海岸に見えるでしょう。扶安は北緯三十六度のやや南、康津は半島のほとんど南端です。ソンドは現在の開城《ケソン》、三十八度線のすぐ北に位置しています。〈落花の岩〉のある扶余《プヨ》は北緯三十六度のやや北に見えます。物語中、モギがソンドへの旅の途中で峠越えをするとき、来た道を振りかえる場面がありますが、そこで見る美しい盆地が今のソウルにあたります。

目標にむかってひたすら努力を続け、絶望の淵《ふち》に立ってもなお希望を捨てないモギ。貧しいなかで人としての情けと誇りを忘れないトゥルミじいさん。青磁作りひとすじに生きる頑固一徹なミン親方。あれこれ口にはだささないけれど、あたたかく見守るやさしいおかみさん。十二世紀韓国のお話ではありますが、彼らの生き方は、人間の本来あるべき姿として、別の国で別の時代を生きる私たちの心にも、つよく響いてまいります。

遠い昔、チュルポの村にいたモギ少年の心を、どうか共有してくださいますように。

片岡しのぶ

リンダ・スー・パーク
1960年、アメリカ、イリノイ州に生まれる。
スタンフォード大学英語科卒業。
1999年に最初の作品 Seesaw Girl を出版。
第3作目にあたる本書で2002年度ニューベリー賞を受賞。
主として韓国を舞台とする作品を書いている。
現在、夫、二人の子どもとともにニューヨーク州に住む。

片岡しのぶ
和歌山生まれの岩手育ち。国際基督教大学教養学部卒業。
翻訳工房パディントン&コンパニイを夫と共同主宰。
訳書にポール・フライシュマン『種をまく人』
『風をつむぐ少年』、ヴァレンタイン・デイヴィス
『34丁目の奇跡』(共にあすなろ書房)など。

扉写真:青磁象嵌雲鶴文梅瓶(澗松美術館)

モギ:ちいさな焼きもの師

2003年11月30日　初版発行
2025年2月10日　14刷発行
著　者:リンダ・スー・パーク
訳　者:片岡しのぶ
発行者:山浦真一
発行所:あすなろ書房

〒162-0041　東京都新宿区早稲田鶴巻町551-4　電話:03-3203-3350(代表)
印刷所:佐久印刷所　製本所:ナショナル製本
 ISBN 978-4-7515-2194-6　NDC 933　Printed in Japan